하이얀

하이얀

난새

단편소설

goyoo

프롤로그 6p

제1장 한홍미 7p

제2장 정윤우 25p

제3장 송현채 39p

제4장 교차점 53p

제5장 갈림길 71p

작가의 말 — 올곧다/난새 77p

홍미는 하양과 투명이 섞갈려 보였다.
윤우에게는 하양이 옳았다.
현채는 투명할 수 있었다.

제1장

한홍미

*

 홍미는 연인이었던 윤우에게 자신이 죽었다고 거짓말했다. 윤우와의 연애가 끔찍해서, 윤우가 폭언과 폭력을 일삼는 폭력적인 성향이어서, 윤우가 자신을 끝없이 초라하게 만들어서, 윤우의 사소한 단점을 더는 견딜 수가 없어서 거짓말한 건 아니었다.

 홍미가 윤우를 처음 만난 건 경상남도 원창의 시내 중앙에 있는 광장에서였다. 광장 중앙에 덩그러니 놓여 있는 돌 위에 막 누운 참이었다. 볼품없는 돌 앞에는 고인돌이라는 표지판 하나가 세워져 있었다. 선선한 가을바람에 지친 눈을 감았다 뜨니 눈앞에 처음 보는 사람이 서 있었다. 경계하며 일어나는 모습을 빤히 쳐다보던 그는 대뜸 홍미를 알고 싶다고 했다. 고기 누린내와 함께 새큼한 알코올 향이 코를 스쳤다. 옷감은 불쾌한 누린내에 찌들어 있었지만, 눈빛만은 단정하게 반짝였다. 윤우와의 첫 만남이었다.

 홍미가 본 윤우는 좋은 사람이었다. 얼마 지나지 않아 시작된 윤우와의 연애도 순조로운 편이었다. 윤우는 홍미에게 헌신적이라고 할 만큼 자상하게 굴었다. 윤우는 홍미가 홀로 고열에 시달릴 때 함께 병원에 가주었다. 홍미가 싫다고 한 행동은 다시 반복하지 않았다. 둘 사이에 마찰이 생기면 언제나 타협점을 찾기 위해 노력하는 모습도 보여주었다. 무엇보다도 그는 홍미와 통화할 때 홍미가 아무런 말이 없어도 헤실헤실 웃었다.

    홍미는 그런 윤우와 헤어지고 싶었다. 윤우는 남자친구로서 자상하고, 바람직하고, 흠잡을 곳 없는 사람이었지만, 홍미의 마음속에서는 윤우와의 연애가 달갑지 않음을 알리는 노란색 경고 신호가 깜박이곤 했다. 윤우와 홍미는 분명 같은 차에 타 있었으나, 둘의 좌석 사이를 기준으로 숨 쉬는 공간이 미묘하게 달라지는 것 같았다. 홍미는 무작정 파란불이 다시 켜지는 곳까지 가볼까도 고민해보았다. 그러나 고뇌의 끝은 언제나 쉼 없이 달리던 차에서 내려 땅을 밟고 싶다는 빨간 신호에 멈추었다.

    그러나 홍미는 자신에게서 마땅히 연애를 멈춰야 할 그럴듯한 이유를 찾지 못했다. 그렇다고 윤우한테서 치명적인 흠을 포착하지도 못했다. 홍미의 불완전한 시각으로 보았을 때 윤우는 완벽하게 자상한 연인이었고, 그 자체도 홍미와 함께하는 시간을 진심으로 행복해하고 있었다.

    홍미는 그런 윤우에게 그만 만나자고 이야기할

생각이 전혀 들지 않았다. 이 관계를 끝내고 싶은 자신이 보기에도 윤우는 착한 사람이었다. 윤우가 무언가를 잘못했기 때문에 헤어지고 싶은 마음이 생긴 것도 아니거니와, 억지로 흠을 찾으려 해도, 그는 잘못이라 할 만한 행동을 한 적조차 없어 보였다. 게다가 홍미는 윤우에게 헤어지자고 말할 때 그가 당혹스러운 표정으로 헤어짐의 이유를 물어올 상황이 영 거북했다. 뚜렷하게 답할 사유가 없는데 설명이랍시고 아무런 말이나 한심하게 지껄여야 하는 상황은 누구에게나 꺼려지는 일이었다.

    홍미는 윤우에게서 깔끔하게 도망치는 길을 선택했다. 홍미는 민간 조사 업체에 간단한 일을 하나 의뢰했다. 홍미가 업체를 방문한 날로부터 며칠 정도 지나면 윤우에게 자신이 갑작스레 사망했다는 소식을 전해달라는 내용이었다. 홍미가 맡긴 일은 워낙 간단하여, 업체에서는 그럭저럭 적은 돈만으로도 윤우에게 홍미를 잘 모르고 애초에 친하지도 않았던 홍미의 초등학교 동창을 완벽하게 연기하겠다고 호기롭게 말했다. 윤우에게 존재하지도 않는 주변인을 소개한 적은 고사하고, 홍미가 윤우의 부모님과 인사를 나눈 적도 없고, 홍미의 부모도 윤우의 존재를 알지 못했기에 가능한 일이었다. 윤우와는 오로지 둘만의 연애를 했었다.

홍미는 망설임 없이 기존의 핸드폰을 해약하고 버려진 반지하방으로 집을 옮겼다. 그 탓에 업체의 아무개 씨로부터 아무런 연락도 받지 못했지만, 돈과 신뢰로 먹고사는 민간 업체에서는 홍미에게 의뢰받은 대로 행동해 주었을 것이다. 업체의 아무개 씨는 열흘쯤 지나, 윤우에게 낯선 SNS 계정으로 연락했을 것이다. 아무개 씨는 자신을 홍미의 초등학교 동창이라 소개했을 것이다. 아무개 씨는 홍미와의 연락이 끊어져서 당황스러워하던 윤우에게 홍미의 장례식이 끝난 지도 벌써 며칠이 지났다는 소식을 자신도 전해 들었다고 말했을 것이다. 윤우는 전혀 예상치 못한 소식에 이것저것 캐물을 테지만, 아무개 씨는 자신도 자세한 건 모르니 귀찮게 굴지 말라며 윤우의 연락을 차단하고, 곧 꾸며낸 SNS 계정도 삭제할 것이다.

아무개 씨의 연락을 받은 윤우는 한동안 당황스러울 것이다. 직접 보지 않아도 알 수 있었다. 그래도 어떤 방식으로든 이별을 겪어야 한다면 반드시 거쳐야 할 당혹감이니 이러나저러나 다를 것도 없고, 이 정도는 감수할 만하다고 생각했다. 오히려 산 자가 이미 죽은 자에게 미련을 가질 이유는 없기에 홍미는 미련을 떨쳐낼 수 있는 죽음의 이별이 더 낫다고 생각했다. 윤우는 끝내 마음을 추스르고 다시 홍미가 없는 그 만의 인생을 살아갈 것이다.

　홍미는 확고했다. 이유도 없이 헤어지자고 벼락같이 통보하는 사람은 악인이 될 수 있겠으나, 죽음으로 인한 이별에는 잘잘못을 따질 수 없다. 홍미에게도 윤우에게도 그것이 더 나았다. 갑작스러웠던 만남만큼 이별도 갑작스럽게 찾아올 수도 있다고 믿었다.

　그렇게 홍미는 자신이 운전석에 앉아 있었음을 알고 있음에도 윤우를 앉혀둔 채로 달리는 차에서 가뿐하게 뛰어내렸다.

*

　앞서 말했듯이 홍미의 부모는 윤우의 존재를 알지 못했다. 그도 그럴 것이 홍미에게는 마땅히 가족이라 할 만한 것이 없었다. 홍미는 어머니에게서 났으나 외할머니의 옅은 그늘에서 자랐고, 자신이 세상의 산소를 축내기 위해서는 아버지라는 인물이 존재하기는 해야 했다는 사실을 어렵사리 알게 되었다.

어머니와 아버지는 대학 축제에서 만났다고 전해 들었다. 친구의 성화에 못 이겨 신은 누드 스타킹으로 입을 닦던 신입생은 수저를 쓰지 않는 명문대생 남자와 하룻밤을 보냈다. 이듬해에는 홍미라는 아이가 환영받지 못할 숨을 아비 없이 터트렸고, 저주같은 97년도 아시아 금융 위기가 그 뒤를 바짝 쫓았다.

홍미는 어머니의 모습을 눈에 담은 최초의 순간을 기억했다. 소매 끝이 헤진 겉옷을 뒤집어쓰고 허름한 옷차림으로 움푹 닳아버린 문지방을 넘어가는 어머니의 초라한 뒷모습이었다. 어머니는 막무가내로 어린 홍미를 외할머니께 맡기고 대학을 졸업하고서야 고향인 인진으로 돌아왔다.

산으로 겹겹이 둘러싸여 있고, 그중에서도 가장 안쪽의 산들이 중첩되어 깊숙하게 파여 들어간 곳에 인진이 있었다. 견고한 외벽인 바깥 산의 정상에서도 찾을 수 없는 곳이자 굵직한 사건도 전부 피해 간 마을이었다. 인진의 양쪽 입구에는 기묘하게도 네발이 달린 장승 한 쌍이 겸허히 땅을 딛고 있었다. 마을 사람 중 몇몇은 자신들이 고서에 묘사된 신선과 다를 바 없다며 으스댔다. 촌갑은 입을 함부로 놀리다간 경을 친다면서도 그들을 크게 나무라지 않았다. 몇 년에 걸쳐 가뭄에 콩 나듯이 바깥소식을 들을 때면 온통 치고받는 이야기밖에 없었고, 오직 그들만이 자연 속에서 평화로운 일상을 보내고 있었기 때문이었다.

외지인이 이곳을 찾아내는 경우도 가끔 있었다. 대부분이 험난한 산길에 길을 잃은 조난객이었다. 빽빽한 숲을 헤치다 인진을 발견한 이들은 감격에 겨워 마을 사람들의 투박한 손을 꼭 부여잡았다. 궁금한 게 많은 인진 주민과 대화를 나누면 그 대가로 융숭한 차례 음식을 대접받았다. 잠자리를 정돈할 때쯤에는 수상쩍게 맑은 물을 건네받았다. 집으로 돌아가면 반드시 이 은혜에 보답하겠노라 약조한 이들은 그날 밤에 혀가 잘렸다. 환한 달빛에 검은 피가 울컥울컥 솟아도 피로와 약기운에 세상모르고 곯아 떨어진 이들이 대다수였다. 혀뿌리가 지져지고 온몸이 벌거벗겨진 채로 민머리가 된 외지인에게는 목줄이 채워졌다. 으레 그렇듯이 이들의 실종은 호환으로 치부될 거라 여겼기에 거리낄 건 없었다.

십수 년 만에 외지인이 들어온 날이었다. 낯선 옷차림의 외지인은 이제까지와는 전혀 다른 이야기를 떠벌렸다. 국외 어느 먼 곳에서 하늘에 떠 있는 저 달에 가려던 와중에 문제가 생겨 땅으로 돌아와야 했다느니, 사실 작년에 이미 달에 도달하여 그 땅을 밟아보았다느니 하는 별천지 이야기를 우쭐거리며 늘어놓았다. 거들먹거리며 낙후된 인진을 멸시하던 그 역시 혀를 뜯어먹히는 호환을 피할 순 없었으나 마을에는 불안한 쑥덕거림이 퍼져나갔다. 그로부터 1년이 채 되지 않아 촌갑은 춘자와 그 어미를 교육하고 둘을 바깥으로 내보냈다. 춘자는 인진 외부의 학교에 입학했고, 어미는 남몰래 인진과 왕래했다. 그 끝에 이르러 춘자가 배 속에 얻어온 게 홍미였다. 춘자의 어미는 거처를 다시 인진으로 옮겼고 춘자도 얼마 지나지 않아 그 뒤를 따랐다.

어머니는 고향에서도 불우이웃 돕기를 비롯하여 마을의 온갖 일에 참견하는 데 광적으로 중독되었던 한심한 작자였다. 적어도 홍미는 외할머니를 통해서 그렇게 들어왔다. 좁디좁은 인진에서 어머니와 마주친 적이 손에 꼽을 정도이니 어머니가 무언가에 광적으로 집착했다는 외할머니의 푸념 같은 속삭임은 어느 정도 맞는 말 같았다.

홍미가 연약하게 앞뒤로 구부러지는 손톱을 앞니로 뜯거나 엄지발톱 옆의 갈라진 발톱을 뽑아내어 피가 나고 염증이 생길 때면, 외할머니는 마을 대표 불우이웃이 이곳에 있는데 홍미의 어미는 왜 꼭 밖으로 싸돌아다니는지 모르겠다고 큰 소리로 중얼거렸다. 홍미는 외할머니의 말을 들으며 어머니가 도우러 가는 불우이웃이란 건 자신과 비슷한 사람이겠

거니 짐작할 뿐이었다.

　홍미의 처지에서 보자면 어머니를 욕보이는 외할머니도 별다른 것 없는 사람이었다. 어머니가 마을 사람들을 도우며 주무르고자 했다면, 외할머니는 촌갑의 신봉자였다. 외할머니는 홍미의 어머니에게 어떻게 그렇게 뒷일은 생각하지도 않고 살 수 있냐고, 무엇을 하든 짐 덩어리가 따로 없다고 심하게 닦달하곤 했다. 그러는 본인도 정작 홍미에게 크게 관심을 기울이거나 자상한 보살핌을 내비치지는 않았다. 외할머니가 홍미를 데리고 한 일이라곤 촌갑의 충실한 신봉자로서 마을의 일원인 홍미의 끼니를 죽지 않을 만큼만 챙기고 홍미를 인진의 교육소에 꼬박꼬박 데려다 놓는 게 전부였다.

　와장창! 쩽그렁! 쨍그랑!
　베개에 파묻힌 귓가에서 사람 하나는 충분히 죽일 정도의 소음이 폭발했다. 농도 짙은 피로에 절어 있어도 깰 수밖에 없는 알람 소리였다. 크리스털 샹들리에가 천장에서 미끄러져 아스팔트 바닥에 떨어지고, 매끄러운 유리잔, 깔끔하고 투명한 창문, 장엄한 모양새의 벽걸이 시계 앞판, 고상한 유리 공예처럼 유리로 만들어진 투명한 건 죄다 내리치는 소리로 이루어진 날 선 알람이었다.

홍미는 진하고 길쭉하게 내려온 다크써클을 얼굴에 얹은 채로 몸을 일으켰다. 몸은 심하게 구겨진 침구 위에 어렵사리 균형을 잡은 채로 착실히 앉아 있었으나, 아직 정신만큼은 과거인지 꿈인지 모를 장면을 더듬고 있었다.

홍미는 날 때부터 아버지가 없었고, 난 직후에는 어머니가 인진에 홀려 사라졌고, 한동안은 자신을 탐탁지 않게 여기는 외할머니가 있었다. 17살까지는 인진 사람들만이 홍미 세상의 전부였다.

당연한 말로만 이루어져 있던 홍미의 세상은 대뜸 낚아챈 손에 의해 뒤집혔다. 홍미가 인진에 산 이래로 외지인이 처음 들어온 날이었다. 조난객치고는 보기 드물게 낙천적인 아버지와 홍미와 나이가 비슷해 보이는 딸이었다. 교육소로 향하던 홍미는 딸을 보살피는 아버지의 모습에 발길을 멈추었다. 홍미를 강하게 끌어당겼던 건 딸의 손바닥에 쓸린 상처를 살뜰하게 살피는 아버지의 모습이었다. 아버지는 고름도 차지 않은 딸의 손을 소중히 보살폈다. 홍미는 고개가 기울어지는 줄도 모른 채 그 모습을 빤히 지켜보았다. 손바닥을 내밀고 있던 외지인 역시 이를 느꼈는지 숙이고 있던 고개를 대뜸 쳐들었다. 홍미는 외지인과 눈이 마주치자 화들짝 놀라 교육소로 도망쳤다. 금기를 훔쳐본 듯한 공포가 단숨에 홍미의 숨통을 조였다. 저 아이는 누구냐는 외지인의 물음에 차례 음식을 올리겠다는 청년장의 어긋난 대답이 홍미 뒤를 쫓았다.

금기를 탐한 공포를 털어내고 교육소 바닥에서 잠들었던 홍미는 별안간 팔을 날카롭게 낚아채는 감각에 눈을 떴다. 일전에 눈이 마주쳤던 외지인이 얼굴을 일그러뜨린 채 울먹거리고 있었다. 외지인에게는 교육소 출입이 금지되어 있었는데 어떻게 이곳까지 와서 홍미를 찾아내었는지, 지금이 무슨 상황인지 전혀 가늠할 수 없었다. 외지인은 홍미의 팔을 다시 한번 세차게 잡아당겼다. 영문도 모른 채 따라나선 교육소 밖에서는 외지인의 아버지가 초조하게 주위를 둘러보고 있었다.

둘은 홍미에게 인진에서 빠져나가는 길을 물었다. 홍미가 떨떠름하게 길을 알려주자, 그들은 홍미의 팔을 부여잡고 곧장 알려준 방향으로 내달렸다. 외지인은 이제는 괜찮다고, 다 괜찮아질 것이라 했다. 멀어져 가는 교육소 뒤편에서는 20년도 더 전에 도착했다는 외지인이 음울한 울음소리로 우짖고 있었다. 마을이 소란스러워지자 외지인 둘은 허리를 숙이고 달렸다. 그들은 네발로 뛰지 않았다. 엉겁결에 이끌려 가면서도 홍미는 그 점이 의아했다. 오래전 인진에 들어온 외지인은 전부 곧잘 기었기 때문이었다.

　인진에서 끌려 나온 홍미는 제복을 입은 사람들을 따라 이곳저곳을 전전했다. 제복을 입은 자들은 인진의 이야기를 궁금해했다. 특히 혀를 뜯어먹는 호랑이 이야기에 남다른 관심을 보였다. 정신없이 잡아끌며 자신을 현채라 소개했던 외지인은 어느새 제복을 입은 장정들 사이에서 모습을 감추었다. 제복을 입은 사람들이 원하는 이야기를 전부 쏟아낸 홍미는 인진으로 돌아가지 못하고 복지 시설을 거쳐 고등학교라는 교육소로 보내졌다. 그곳에서는 모두가 규격화된 옷을 입고, 다 같이 줄을 서서 똑같은 시간에 식사하고, 여럿이서 함께 정해진 시각에 잠을 잤다. 벽걸이 달력을 한 장 찢어낼 때쯤 복지 시설로 옮겨졌다가 고등학교로 돌아가는 삶이 반복되었다.

　인진 바깥은 종잡을 수 없는 곳이었다. 낮에는 고귀함과 동등함을 논하고 밤에는 멸시와 천대를 행했다. 교사는 볼펜으로 홍미의 이마를 치며 인진에서 학습한 규칙은 전부 잊으라고 했다. 그는 생명의 경중을 따져 의도적으로 해를 입히는 일은 금지되어 있다고 성냈다. 강박적으로 움찔거리는 그의 콧잔등에는 잔뜩 휜 안경다리가 얹혀 있었다. 교사는

낮이면 생명의 귀중함에 대해 침을 튀겨가며 열변을 토했다. 밤이 되어 골목으로 접어들면 병든 노숙인에게 자신이 게걸스럽게 빨아 재끼던 담배 꼬투리를 적선했다. 말라비틀어진 노숙인의 발목을 매끈한 구둣발로 걷어차는 건 덤이었다.

이곳에서 그토록 동등하고 귀중한 생명을 살린다는 의원과 소방수는 정작 동등한 대접을 받지 않았다. 본인의 목숨까지 저울질하며 타인의 생명을 살리는 소방수보다 외려 의원이 대접받는 행색이었다. 옆자리의 까치집 머리를 한 아이에게 물으니 당연한 게 아니냐는 반문이 돌아왔다. 그는 의원으로 거듭나는 일이 만만한 줄 아느냐고도 덧붙였다. 홍미가 고개를 기울이며 그들이 대접받는 까닭이 수행하는 일에 대한 인정이라기보다는 거듭나는 과정에 대한 대접인지 묻자, 아이는 홍미더러 못 배운 티가 나는 촌년이라며 자리를 떴다.

이런 일이 반복되자 어느 곳의 누구도 홍미에게 관심갖지 않았다. 나서서 말을 거는 사람도 없었다. 홍미가 말하거나 행동할 때면 그들은 읽을 수 없는 눈빛을 서로 주고받기 바빴다. 끌려 나온 인진의 밖은 현채의 말과는 달랐다. 일관된 규칙을 찾기 어려웠기에 전혀 괜찮지 않았다. 오히려 이전보다 혼란스러웠다. 그러다 제복을 입은 사람이 찾아와 외할머니의 뼛가루가 담긴 항아리를 건넨 날, 홍미는 다시금 엄습한 미지의 공포에 사로잡혀 시설과 교육소에서 도망쳤다.

여러 곳에 속했다 쫓겨나기를 반복하기를 몇 해, 뒤숭숭한 12년도에 이르러 춘자가 태암에 숨어 살던 홍미를 찾아왔다. 어느새 퍼석하게 주름살이 낀 춘자는 홍미를 강하게 질책했다. 홍미의 경동으로 평온했던 인진이 쑥대밭이 되었다 했다. 어머니는 홍미 스스로 제 잘못을 깨닫고 가책을 느껴야 하지 않겠냐며 고압적으로 손짓했다. 홍미는 춘자의 지시에 맞춰 엉거주춤 네발로 땅을 딛었다. 그새 허리가 뻣뻣하게 굳어 자세가 불편했다. 네발로 땅을 딛는 건 도리에 어그러진다는 고등학교 교사의 말이 어른거리면서도 손바닥에는 그리운 고향에 다다른 듯한 따스함이 전해졌다.

홍미가 이해하고 사랑하여 속한 곳은 바깥이 아닌 인진이었다. 어머니의 가르침이 반복될수록 그 순간만큼은 인진 바깥의 혼란스러운 가르침이 무의미해졌다. 윤우와는 춘자와 재회한 이듬해에 이별했다.

홍미는 의식과 무의식의 경계를 넘나들다 방바닥에 널브러진 핸드폰을 오로지 손의 감각에 의지하여 집어 들었다. 오랫동안 뚜렷한 의식 없이 앉아만 있었던 탓에 시간은 어느새 오후 3시를 넘어가고 있었다. 홍미는 고집스레 시려오는 뼈마디를 누르며 수돗가 방향으로 억척스럽게 기어갔다. 분홍빛 물때가 끼어 있는 수저통 옆에는 하얀 항아리가 놓여 있었다.

    홍미는 누군가 입에 머금었다가 뱉은 듯이 미적지근한 물로 여기저기 뻗친 머리를 대충 정리했다. 침이 섞인 것처럼 불쾌한 온도의 수돗물 때문인지 밤새 눌러두었던 찝찝한 기분이 다시 발끝에서부터 스멀스멀 기어오르기 시작하는 것 같았다. 언젠가부터 떨쳐지지 않는 꺼림칙한 기분이 들러붙었다는 게 마음에 들지 않았다. 누군가가 홍미를 감시하는 것 같기도 하고, 생사도 모르는 촌갑이 보이지 않는 곳에서 홍미를 매섭게 야단치려 벼르고 있는 것 같기도 했다. 무엇보다도 실체와 주체가 없는 허구의 감각이라는 점이 정신을 아득하게 했다.

    홍미는 이유 없이 불쾌하게 만드는 기분이라는 실체 없는 것 따위에 신경을 소모할 여유가 없었다. 종잡을 수 없는 안개 속에서도 당장 오늘의 끼니, 내일의 끼니, 모레의 끼니, 일주일의 끼니, 한 달의 끼니, 수년 동안 책임져야 할 무수한 횟수의 끼니가 우선이었다.

홍미는 불쌍하게 휘어진 현관문을 열고 어머니가 그랬듯이 문지방을 넘었다.

제2장

정윤우

"즐거웠습니다."

구김 없는 사람. 윤우가 현채에게 받은 첫인상이었다. 그는 자신과 마찬가지로 미련 없어 보이는 현채와 함께 어질러진 테이블을 간단히 정리했다. 가게의 통유리 밖에서는 어둑해지는 거리를 벗어나려는 사람들이 바삐 움직이고 있었다. 현채는 그의 삶과 비교하자면 딱 반절 정도 닮은 사람이었다. 그래서인지 지인의 주선으로 성사된 어색한 만남에서 어긋난 대화만 한가득이었다. 윤우는 자리에서 일어나며 손톱이 손바닥을 찌르도록 주먹을 세게 그러쥐었다.

연인의 죽음 이후로 해가 바뀌고도 수개월이 지났다. 홍미의 사망 소식은 실체가 없었다. 이별의 흔적을 더듬으려 자초지종을 물을 곳도 부재했다. 추억 삼을 물품은커녕 전화번호조차도 감쪽같이 사라졌다. 단숨에 이끌려 곁을 내주었던 사람이 정말로 존재하기는 했는지도 헷갈렸다. 모르는 사람이 들으면 우스갯소리로 치부할 법한 황당무계한 일이었기에 그의 당혹감과 슬픔을 온전하게 이해해 줄 사람은 없었다. 그는 가까운 이의 죽음을 오롯이 홀로 다

스려야 했다. 토로하지 못하고 묻어야만 하는 절망은 알량한 눈물 몇 방울로 씻어낼 깊이가 아니었다.

그가 겪어야 했던 급작스러운 죽음이 처음은 아니었다. 윤우는 가족보다도 서로를 깊이 이해했던 친구의 죽음을 2002년, 나이 열여섯에 직접 목격했다. 졸업식에서 마지막으로 짓궂은 사진을 찍고 아쉽지 않은 척 마지못해 헤어져야 할 친구였다.

당시의 그는 좋게 말해야 말썽꾼이었다. 그보다 더 어렸을 적에는 모든 질서를 거부하여 반항했고, 그나마 질서의 존재를 이해하기 시작하고서는 아슬아슬하게 선을 넘나드는 걸 즐겼다. 학교에서 뛰면 안 된다는 선생님의 말씀에 보란 듯이 교내 운동장으로 뛰쳐나가거나 다른 선생님께서 바삐 뛰는 모습을 찾아내어 이건 질서에 어긋나지 않냐고 악을 쓰는 식이었다. 얄궂게만 보이던 어린아이의 행동은 교복을 갖춰 입기 시작하면서 싹수 노란 행동이라 평가받았다. 너 나 할 것 없이 모두가 윤우더러 못 배워서 사고 칠 놈이라 손가락질했다. 엄격한 잣대를 들이대던 부모님 눈 밖에 난 건 말할 것도 없었다.

다행히도 교복을 입으면서 손가락질받는 건 혼자가 아니었다. 그의 곁에는 좌우지간 명백한 잘못을 저지른 적은 한 번도 없다며 가볍게 어깨를 부딪치는 재성과 아무것도 모르면서 비난하는 사람이 이상한 거라 말해주는 민하가 있었다. 문제아로 분류된 그들은 잘못의 경중을 떠나 처벌받는 일이 많았다. 그럴 때마다 셋은 본인들의 책임이 아니라며 항의하기보다는 처벌자를 골탕 먹이는 법을 머리 싸매어 연구했다. 실제로 억울한 누명을 썼을 때와 거짓으로 빠져나가고자 했던 경우 모두 가리지 않고 반항했었기에 이제 와서 본인들의 잘못이 아니라고 항변하는 건 씨알도 먹히지 않았기 때문이었다. 사람들은 그들 곁에 있길 꺼렸고, 셋 역시 본능적으로 인적이 드문 곳을 찾았다.

그날도 시작은 다르지 않았다. 셋은 외관상 발길이 끊겼으나 멀끔하게 관리되는 건물 입구 계단에 관성적으로 자리 잡았다. 누구를 위협하는 식의 허름하고 잡스러운 일은 당연하게도 없었다. 이전과 똑같이 움직이던 일상에서 벗어나기 시작한 건 건물 안쪽에서 처음으로 사람의 목소리를 들은 순간부터였다. 거친 목소리 여럿이 건물 지하에서 언쟁하고 있었다. 민하는 무슨 내용인지 엿들으려 건물 안쪽으로 조심스럽게 발걸음을 옮겼다. 윤우는 몇 번이고 그 장면을 세세하게 복기했기에 본인의 모습을 비롯하여 그 순간의 모든 것을 기억했다. 당시 그는 호기심에 가득 차 있는 표정이었다. 민하더러 들어

가지 말라고 손을 뻗지 않고서 그저 색다름에 벅차올라 호응했다. 폭발적인 굉음과 함께 민하가 순식간에 콘크리트 조각에 깔려 사라질 때까지도 윤우는 즐겁게 박수만 치고 있었다.

콘크리트 조각에 깔린 민하는 그대로 목숨을 잃었다. 입구에 걸터앉았던 재성은 허리에 날카로운 파편이 박혀 척추가 조각났다. 건물을 마주 보고 있던 윤우 역시 폭발에 휘말려 정신을 잃었으나 다행히 가벼운 뇌진탕 증세에 그쳤다. 사고 현장은 매캐한 연기로 가득 찼고, 따분하던 지역신문 1면에는 '비행 청소년, 퇴폐업소에서 폭발 일으켜'라는 제목의 허황된 특보가 실렸다.

병원에서 눈을 뜬 윤우는 다른 누구도 아닌 본인의 실종을 절실하게 바랐다. 민하는 죽고 재성은 불구가 되었다. 셋은 퇴폐업소가 있는 건물에 침입하여 폭발을 일으키고 도망쳐 나오려다 본인들이 낸 사고에 실수로 휘말린 청소년 범죄집단이 되었다. 처음에는 신문사의 착오에 따른 단순 오보인 줄 알았었다. 그러나 오래지 않아 마주한 경찰은 그것이 단순 오보가 아니라는 걸 확인시켜 주었다. 경찰은 당혹스러운 표정의 윤우에게 골목이라 무인 카메라가 없었지만, 사건에 관해 결정적인 진술을 해준 정의로운 목격자가 있다고 짜증스레 전했다.

길거리에는 윤우를 알아보고 손가락질하는 사람이 생겨났다. 길거리, 교실 할 것 없이 모든 장소에서 그의 주위에 장막이 쳐진 것처럼 사람들이 허공에 밀리고 사라졌다. 학교에서 살인자 취급을 받을 때면 속 편하게 홀로 죽은 민하가 원망스러웠다. 하굣길에 찐득한 빈 깡통을 맞고 악의에 찬 웃음소리를 들은 날에는 차라리 불구가 되어 동정표를 얻은 재성이 부러워서 미칠 것 같았다.

그는 악착같이 셋의 결백을 주장했다. 거짓된 내용을 정정해달라며 신문사에 편지를 작성하고, 항의 전화를 걸고, 직접 찾아갔다. 점점 범인으로 내몰리는 경찰 조사에서는 무고함을 피력하고 억울하다며 눈물 흘렸다. 고래고래 소리를 지르며 체벌을 감행하는 학교 선생님께는 본인이 그런 범죄를 저지를 미친놈으로 보이냐며 비명을 질렀다. 그는 문제아 셋이 아니면 달리 누가 그런 짓을 저지르겠냐며 얼굴을 굳히는 선생님의 모습을 보고서야 현실을 직시했다. 부모님조차 그의 말을 듣지 않고 흉악범인 자식을 부끄러워하는 상황에 적대적인 타인의 이해를 쉽게 바라는 건 배부른 투정이었다.

윤우는 누구도 그를 믿어주지 않고 배척하기만 하는 사회에 대해 밤마다 울분을 토했다. 그의 부모님은 이불을 뒤집어쓰고 짐승처럼 악에 받친 괴성을 지르는 그를 방치했다. 다른 사람들처럼 가까이 다가오지 않는 그들의 눈에는 뚜렷한 경멸과 함께 작은 공포가 서려 있었다. 윤우는 왜 아무도 진실을 보지 못하는지, 보려고 하지도 않는지 답답해서 미칠 것 같았다. 전부 악독한 거짓만 숭배하는 멍청한 사람들이었다. 경찰은 왜 진실을 파헤치지 않고, 지역 신문사는 왜 허접한 조사 결과를 검증조차 하지 않으며, 주변인은 대체 왜 거짓된 모든 내용을 곧이곧대로 믿고서 동조하고 앉았나. 하나같이 미련하고 한심했다. 홀로 남겨진 그는 덜떨어진 모두를 욕할 시간이 차고 넘쳤다.

얼마 지나지 않아 부모님은 윤우에게 학교에 가지 말 것을 요구했다. 학교에 정상적으로 나가지 않으면 자신이 범죄를 저질렀다고 곧장 시인하는 꼴이 될 게 뻔한데 어떻게 그럴 수 있냐고 윤우가 반박하자 그들은 찡그린 표정으로만 응수했다. 그는 어처구니없는 그들의 말에 보란 듯이 등교 준비를 하며 불복했다. 사람들에게 절대 주눅 든 모습을 보여선 안 되었다. 그들의 요구를 당당하게 거역한 대가는 다음 날 아침부터 외부에서부터 굳게 잠긴 방문으로 치러야 했다. 그의 방문은 새벽마다 잠기고 학교 수업이 끝나는 늦은 오후가 되어서야 열렸다. 윤우는 문을 열어달라 울며불며 애원했으나 달라지는 건 없었다. 방에 들어가지 않으려 버티고 온갖 방식으로 탈출하려던 일주일이 지나고 어느덧 한 달을 채웠을 때가 되어서야 그는 비로소 체념했다. 이제 와서 학교로 돌아가기에는 시간이 너무 많이 지났다.

그는 방을 벗어나고자 하는 의지를 버리고 방 밖으로 한 발도 내딛지 않았다. 최소한의 끼니는 중간중간 방으로 들어왔다. 방 안에 화장실이 없었기에 기름진 머리를 비롯한 온몸을 전혀 씻을 수 없었다. 두꺼운 나무 바구니를 골라 그곳에 볼일을 보았다. 방에는 회색빛 먼지가 쌓였고 창문을 열면 바깥 공기가 노랗게 물들 만큼 구역질 나는 악취가 진동했다.

하루는 끼니 제공을 목적으로 하지 않고서 방문이 열렸다. 문가의 먼지가 방 바깥으로 빠져나와 어둠 속에 소용돌이치며 공중으로 떠올랐다.

"정윤우."

윤우는 누워만 있느라 뻣뻣하게 굳은 목을 돌렸다. 6살 터울의 형이 문턱 안으로 들어와 있었다. 윤우와는 달리 부모님의 기대를 전부 충족시켜 주었던 형은 집안에서 눈 밖에 나다시피 한 윤우를 유일하게 보듬어주었었다. 윤우 역시 막힘없이 살아가는 형을 존경했다. 유명 대학에 진학하여 독립한 이후로 군대 휴가 덕분에 오랜만에 돌아온 형의 모습에 윤우는 자연스럽게 그간의 설움을 토로했다. 이제껏 똑같은 내용의 이야기를 신문사, 경찰, 학교, 그리고 부모님께 몇 번이나 항변했었기에 의외로 차분하게 정돈된 이야기를 할 수 있었다.

"네 말을 누가 믿어주겠어."

그의 말을 들으며 간간이 고개를 끄덕이던 형이 처음으로 뱉은 말이었다. 뜻밖의 반응에 윤우는 눈살을 찌푸리며 입을 다물었다. 부모님이 형의 모습으로 위장이라도 한 게 아닌가 하는 어처구니없는 생각도 들었다.

형은 윤우에게 비난하려는 의도는 전혀 없다며 고개를 살짝 가로저었다. 그는 그저 윤우의 이해를 돕기 위해 설명해 주는 것일 뿐이라고도 덧붙였다. 그의 말에 따르면 윤우는 누군가의 기대치를 충족시킨 적이 없는 사람이었다. 이전보다는 더욱 잘 해낼 거라는, 뛰어난 성과를 원하는 종류의 부담감에 가까운 기대를 말하는 게 아니었다. 누군가 말을 하면 그 내용을 이해하고 상대방이 예측할 수 있는 범위 내에서 반응하고 움직이는 것. 윤우는 이러한 최소한으로 지켜야 할 것들의 기대와 부합하게 행동한 적이 없다고 했다.

"예측할 수 없는 사람이 신뢰를 바라는 건 말이 되지 않아."

형은 윤우의 어깨를 가볍게 감싸쥐었다. 그는 그 말을 끝으로 방 안에 방치되어 있던 윤우의 질퍽한 목제 바구니를 양손으로 감싸 들고 방을 나섰다.

윤우는 그날 밤 그간의 일생을 복기하느라 잠들지 못했다. 형의 말을 이해하고 생각이 정리될 때쯤에는 이미 새벽 동이 트고 있었다. 형의 분석과는 달리, 그가 주변의 모두를 대상으로 존재감 있는 일생을 살면서 유일하게 확보한 예측 가능성이 있었다. '윤우는 예측할 수 없는 사람이자 불신해야 하는 사람'이라는 예측 가능성이었다. 최소한 그를 불신해야 한다는 내용의 신뢰가 형성되었기에 이제껏 큰 문제 없이 살아올 수 있었다. 그리고 지금 겪고 있는 이 상황은 불신의 신뢰가 마침내 그의 발목을 붙잡은 결과인 게 분명했다.

윤우는 이불 속에서 땟국이 되어 축 늘어진 머리를 쥐어뜯었다. 멍청한 건 문밖의 사람들이 아닌 방 안의 외로운 본인이었다. 그걸 민하와 재성을 희생시키고서야 깨달았다.

오래지 않아 윤우가 불참한 졸업식과 함께 셋의 범죄에 대한 판결이 났다. 주 피해자인 민하의 부모님께서 처벌을 원치 않았던 관계로 윤우와 재성은 건물 파손 건에 대해서만 경고성 처벌에 가까운 가벼운 판결을 받았다. 이튿날에는 셋의 이야기와 판결을 담은 기사가 다시 한번 지역신문 1면을 장식했다. 솜털처럼 가벼운 판결에 분노한 사람들로 인해 집 앞에 섬뜩한 락카 낙서가 생긴 날, 윤우네는 살던 집을 버렸다.

무연고지로 옮긴 윤우가 부모님의 뜻에 따라 진학한 학교는 기형적으로 엄격하기로 소문난 기숙사형 신학 고등학교였다. 그는 그곳에서 종교에 대한 혐오가 샘솟았으나, 모두가 입 모아 칭찬하는 번듯한 모범생이 되었다. 대학교에 입학할 때쯤에는 윤우가 칩거할 당시, 그의 부모님께서 연대를 목적으로 찾아온 민하와 재성의 부모를 박대했었다는 소식을 뒤늦게 접했다. 잠시 동안은 안타깝다는 생각이 들었다. 그러나 그 이야기는 전부 철없고 어리석었던 시절의 부끄러운 지난 일이었다.

홍미의 사망 소식은 과거로 덮었던 이 모든 것을 단숨에 현실로 끌고 왔다. 주변 상황을 읽지 못하던 그의 어리석음, 당시에 영문도 모르고 겪어야 했던 배척과 고뇌, 작별하지도 못하고 바스러진 민하와 본인이 책임질 수도 없는 빚만 지게 된 재성의 존재. 그렇기에 지금의 그가 감당해야 할 건 단순히 홍미 한 사람의 죽음이라 할 수 없었다. 지하 깊숙이 묻고 끊어냈던 12년 전의 과오가 홍미로 인해 화산 틈새를 비집고 나오는 마그마처럼 분출되고 있었다. 머릿속의 폭발은 원하는 대로 틀어막을 수도 없어서, 윤우는 아득히 멀어지는 일상을 따라잡기 위해 지금처럼 종종 주먹을 세게 그러쥐어야만 했다.

현채와의 만남 역시 그를 과거로 끌어당기고 있었다. 딱 반절 정도 닮은 사람이라는 둥 현채에게는 자꾸만 윤우 본인과 현채 자신을 비교하게 만드는 무언가가 있었다. 정확한 말로 집어낼 수 없는 부분이었지만 착각이라고 치부하기는 어렵고 불편했다. 어린아이도 아니고 명확한 근거도 없이 사람을 밀어내고 있다는 죄책감이 고개를 쳐들었다. 현채의 넓적한 가방에서 흘러내린 봉투를 나서서 주워 준 것은 이러한 죄책감을 조금이나마 덜고자 하는 본능이었다.

윤우는 출구를 향해 이동하려는 현채를 불러세웠다. 두툼한 봉투에는 '2014년 하반기'라는 글자와 누군가의 계좌번호가 정갈한 글씨로 적혀 있었다. 무심코 봉투 하단의 글자를 읽은 그는 중요한 봉투를 주워주서서 고맙다는 현채의 팔뚝을 다급하게 붙잡았다.

"권재성을 어떻게 아세요?"

질문하는 그 짧은 순간에도 그의 손은 볼품없이 덜덜 떨렸다. 잊은 적은 없지만 그렇다고 해서 이제껏 살면서 다시 본 적도 없었던 권재성이라는 이름이 난데없이 나타났다. 저 봉투에 재성의 이름이 왜 적혀 있는지 알아야 했다. 12년 전에 묻었던 사건이 작년부터 그를 옥죄는 이유 역시 이곳에 있을 것만 같았다.

현채는 그의 갑작스러운 행동에 깜짝 놀라 한 발짝 물러섰다. 그러고선 이내 미심쩍음과 경악이 혼란스럽게 뒤섞인 표정을 띄웠다. 그의 양 눈을 번갈아 살피다 잠시 기다려달라는 현채의 말에 윤우는 그제야 손아귀의 힘을 풀었다. 현채의 얼굴에는 언뜻 안도감이 비치는 듯했다.

그는 짧은 통화를 마친 현채의 동행 요청에 그 뒤를 따랐다. 윤우는 그들이 어디로 향하는지 묻지 않았다. 얼마 지나지 않아 어느 가정집 앞에 도착했을 때쯤에는 하늘이 어둑해지는 걸 넘어 사방이 캄캄해진 무렵이었다. 그의 심장은 주먹으로 내리치는 듯이 거세게 뛰고 있었다. 현채가 안내해 준 문 너머의 사람은 누구인가. 그의 부모님에 의해 문전박대당한 재성의 부모님? 윤우가 아니면 달리 누가 범죄를 저지르겠냐던 중학교 선생? 그를 구렁텅이로 내몬 경찰? 거짓된 기사를 작성한 기자? 누가 서 있든 윤우는 무슨 말을 꺼내야 할지 갈피를 잡지 못하고 있었다.

"들어오세요."

제3장

송현채

굳게 닫혀 있던 문이 천천히 열렸다.

문 너머에는 처음 보는 사람이 엉거주춤 일어나 있었다. 현채와 똑 닮은 중년 남성이었다. 그는 윤우가 떠올린 그 누구도 아니었다. 그러나 비탄에 차 있는 눈만은 자신이 사건의 연관자이자 일생을 후회에 갖다 바친 사람임을 여실히 드러내고 있었다.

*

현채는 참담한 표정의 아버지와 윤우를 남겨두고 집을 나섰다. 아버지의 고해는 이미 들었다. 그래도 자식이 되어 아버지가 비참해지는 순간은 보지 않는 게 옳다고 생각했다. 아버지의 속죄에는 많은 것들이 얽혀 있었다.

시작점은 별거하고 있던 현채 어머니의 부고 소식이었다. 당시 현채는 아버지와 단둘이 지내고 있었고 어머니께서는 달에 한 번씩만 집에 들르셨었다. 초등학교 저학년 때까지는 멋모르는 아이들이 현채는 다들 하나씩 있는 엄마가 없다며 놀렸었다. 그 말을 처음 들었을 때는 서러움에 눈물이 났었다.

그러나 놀림 받을 때면 매번 어디서 듣고 계시는지 동네 구멍가게 아저씨와 미용실 아주머니를 비롯한 동네 어른분들께서 득달같이 달려 나오셨다. 두 분께서는 아이들의 혼이 쏙 빠질 정도로 혼을 내시곤 다시는 그딴 말 입에 담지도 말라며 맛도 없는 홍삼 사탕을 모두의 손에 쥐어주셨다. 덕분에 현채의 아주 어린 시절은 외롭지 않았다.

아버지께서는 어머니의 장례식에 참석하여 사흘 밤낮을 내리 우셨다. 목 놓아 울다 지치면 벽에 기대어 파릇파릇한 화환을 뚫어지게 쏘아보셨고 주변인들이 억지로 떠먹여서 삼키는 끼니도 영정사진 곁에 딱 붙어서 하셨다. 그토록 슬퍼하시면서도 어머니의 죽음에 관해서 현채에게는 입도 벙긋하지 않으셨다. 현채는 작은 것이라도 알려달라며 부탁도 하고 화도 내보았으나 지금까지 어머니께서 어떻게 돌아가셨는지조차 알지 못했다. 유일하게 전해 들은 이야기라고는 어머니께서 당신의 목숨과 맞바꿔도 아깝지 않을 정도로 현채를 사랑한다고 남기셨다는 것뿐이었다.

그 후 일 년 정도, 아버지께서는 고주망태가 되어 사방팔방 술 냄새를 풍기고 다니셨다. 어머니의 부재를 느끼지 못했을 정도로 가정에 헌신적이었던 아버지의 모습은 온데간데없었다. 상가에 갓 들어온 번듯한 술집에서는 아버지의 출입부터 막아섰고 사연을 아는 동네 분들께서 운영하시는 작은 포장마차에만 드나들 수 있었다. 등교하다가 술에 절어 아스팔트 도로 위에서 코를 골고 있는 아버지의 모습을 보았을 때는 수치감에 괜히 길을 돌아가기도 했었다. 그래도 중학교 2학년이라 그새 머리가 좀 컸다고 현채의 상황을 놀리는 덜떨어진 친구는 없었다.

 몸을 가누지 못하는 아버지를 어떻게 부양하며 살아야 할지 막막할 때쯤 아버지께서는 돌연 집에 틀어박히셨다. 1년 동안 죽고 못 살던 술을 찾지도 않으셨다. 숙취에 시달릴 때마다 다시는 술을 마시지 않겠다며 큰소리를 떵떵 치던 모습과는 전혀 달랐다. 걱정스러운 마음에 다가간 현채에게 아버지께서는 멀리 떠나는 게 어떻겠냐고 조심스럽게 말을 꺼내셨다. 학교의 중요성을 알고 있으나 학교는 1년 뒤에 돌아가고 당장은 모든 걸 추스르고 그간 아버지로서 책임을 다하지 못한 것들을 만회하고 싶다고 하셨다. 아버지께서는 안쓰럽게 손을 떨고 계셨다.

 현채는 숨죽여 우는 아버지의 간절함을 외면할 수 없어 고향을 떠날 채비를 했다. 마을 분들께 인사드리며 언젠가 다시 돌아오겠다고 하자 그들은 늙어 죽기 전에 온다면야 못 기다릴 것도 없다며 유쾌하게 둘의 등을 떠밀어주셨다.

현채는 아버지와 전국을 떠돌았다. 종일 무궁화호를 타고 곁다리 땅을 돌거나, 머릿속 허구의 양이 아닌 눈앞의 별을 세며 잠을 청해 보았다. 그러다 특별한 준비 없이 산에 진입했을 때는 그만 길을 잃고 말았다. 눈앞의 지면은 가파르게 경사져 있는데 걸을수록 내려가는 기분이 들었고, 반대로 내리막을 걸으면 고도가 점점 높아지는 것처럼 느껴졌다. 감각을 믿을 수 없다는 생각에 손에 땀이 흥건해졌었다. 그러다 현채가 발을 헛디뎌 몇 미터쯤 미끄러져서 발견한 게 인진이었다.

인진 사람들은 가식적인 웃음으로 둘을 맞이해주었다. 외지인에 대한 따뜻함과 호기심이 어린 시선이라기보다는 호시탐탐 기회를 엿보는 눈치였다. 끈덕지게 달라붙는 시선 사이에서 다른 결의 시선이 느껴져 고개를 들었을 때 그곳에 홍미가 서 있었다. 홍미는 현채와 눈이 마주치자 화들짝 놀라며 어둠 속으로 달려갔다. 현채는 앞에 앉아 있던 청년장에게 저 아이가 누구인지 물었으나 그는 눈을 가늘게 뜨며 외지인에게 차례 음식을 대접하겠다고만 답했다. 얼마 지나지 않아 진수성찬이 나타나고 둘을 감금하듯이 문이 굳게 닫혔다.

아버지께서는 현채와 같은 생각이었는지 짧게 고개를 가로저으셨다. 둘은 음식을 헤집어 덜어서

장롱 밑에 숨겼다. 그러곤 접시를 지저분하게 만들어 굶주린 조난객이 정갈한 음식을 게걸스럽게 먹은 것처럼 꾸몄다. 상을 물릴 때쯤 청년장은 지나칠 정도로 맑아 보이는 물을 가져다주었다. 그는 여독을 푸는 데 도움이 되는 인진 특산품이라며 잠들기 전에 마실 것을 권했다. 청년장은 힐끔거리며 둘의 이부자리를 마련하고 방을 나섰다. 시간이 지나 밖이 고요해지자 둘은 조심스럽게 그곳을 벗어났다. 방에는 엎어진 물그릇이 나뒹굴고 있었다. 현채는 본능적으로 홍미가 사라진 방향으로 달렸다. 무작정 달린 그곳에서 목줄을 차고 담요 하나 없이 바닥에 누워 있는 홍미를 만났었다.

홍미 덕에 셋은 그렇게 무사히 본래의 삶이 보장받는 바깥으로 돌아올 수 있었다. 혼란스러워하는 홍미를 태암 경찰서에 데려다주고 간단한 조사를 받고 나온 아버지께서는 무언가를 골똘히 고심하고 계셨다. 답을 내렸는지 고개를 짧게 끄덕인 아버지께서는 전국을 돌아다니는 일은 관두고 그만 정착하는 게 어떻겠냐고 말씀하셨다. 그 말에 현채는 고개를 마주 끄덕이며 조건을 덧붙였다.

"여기에 살래요."

고향으로 돌아가지 않겠다는 의외의 말에 아버지께서는 의문을 표하셨으나 이내 현채의 조건을 받아들이셨다. 둘은 그렇게 태암에 자리를 잡았다.

그러다 '권재성'이라는 이름을 접한 게 2011년, 윤우와 아버지를 남겨두고 집을 나선 지금으로부터 3년 전이었다. 교사가 되어 독립한 현채가 설을 맞아 본가에 방문한 날이었다. 현채는 아파트 현관 입구에 비치된 우편함을 지나치려다 멈춰 섰다. 우편물이 와 있었다. 현채는 들뜬 마음으로 어렸을 적 우편을 가지고 집으로 올라가던 기억을 떠올리며 겉봉투를 살폈다. 발신인은 길벗이라는 후원 단체였다. 아버지께서 후원을 시작하셨나 싶어 봉투를 뜯어보니 태암에 정착한 당해인 2003년부터 특정인에게 익명으로 후원한 것에 대한 감사의 편지가 들어 있었다.

현관문을 열고 들어가자, 아버지께서는 오랜만에 들르지 않았냐며 현채를 반겨주셨다. 그러다 현채의 손에 들린 편지를 보고 곧장 사색이 된 그는 순식간에 봉투를 뺏어 들었다. 현채는 예상치 못한 아버지의 반응에 난처하게 눈알을 굴렸다. 손이 따끔거려 내려다보니 종이에 손이 베여 피가 비치고 있었다. 아버지께서도 마주 놀라셨는지 그 상태로 아무런 말도 없다, 한참 지나서야 연고와 밴드를 찾으셨다.

언젠가는 털어놓아야 한다고 생각은 했다면서

도 한편으로는 절대 밝히고 싶지 않았다고 말씀하시는 아버지의 표정은 어두웠다. 아버지께서는 이 후원은 죄책감에서 비롯된 거라 밝히셨다. 현채가 중학교 2학년일 때 상실감에 못 이겨 사리 분별이 안 될 정도로 술을 들이붓던 사람이 저지른 일에 대한 죄책감이었다.

그는 여느 때처럼 취기에 죽죽 늘어지는 세상을 걷고 있었다. 몇 시간을 정처 없이 걸어 취기 속에서도 부르튼 발이 느껴질 때쯤, 어떤 아이가 건물에 들어간 직후에 건물 외벽이 폭발하는 모습을 보았다. 슬로 모션처럼 사건을 또렷하게 목격한 그는 곧이어 나타난 경찰에게 자신이 목격한 상황을 그대로 묘사했다. 알코올에 전 혀가 꼬여서 '걔네가 들어가서 건물이 터졌다니까요'라고 딱 한 번 소리를 질렀던 걸 뺀다면, 그는 경찰에게 당시 상황을 꽤 정확히 진술했다고 기억했다.

다음 날이 되어 그곳의 지역신문에 1면에 이상한 기사가 실린 걸 본 그는 덜컥 겁이 났다. 비행 청소년들이 폭발을 일으켰다고 보도되어 있었다. 혹시 자신의 진술로 인해 그런 기사가 난 것인지 두려웠던 그는 술을 사러 갈 생각도 하지 못하고 이불 안을 파고들었다. 술이 죽이는 건 그 혼자가 아니었다. 마시는 건 혼자일지라도 죽는 건 여럿이었다. 한여름에 솜이불 속에서 땀을 뻘뻘 내도 추위가 가시질 않았다. 수습기자가 잘못 알고 쓴 오보겠지, 경찰 조사가 주정뱅이의 증언 하나만으로 이루어지진 않겠지, 수사가 잘못된 거라면 곧 정상궤도로 돌아오겠지 되뇌었다. 그러나 곁눈질로 몰래 살핀 상황은 점점 더 이상하게 돌아갔다. 술 근처에도 가지 못하고 방에만 틀어박혀 있는 걸 이상하게 여긴 현채가 찾아왔을 때 그는 이 상황을 견디지 못하고 잘못되어 가기만 하는 사건에서 도망쳤다.

경찰의 조사 결과가 어떻게 마무리되었을지 충분히 짐작 갔으나 그는 속으로 모르는 일이라며 딱 잡아뗐다. 그는 딸과 함께 전국을 돌며 그날 하루 먹을 것과 갈 곳, 잘 곳을 찾는 일에만 몰두했다. 옆에 있는 현채만 안전하게 잘 지키면 충분하다고 생각했었다. 그러나 자신만만하던 그가 현채를 데려간 곳은 인진이었고, 보호받는 줄 알았던 현채는 정작 혀를 뜯어먹는다는 호랑이굴에서 자기 또래 여자아이 하나까지 직접 구출해 냈다.

숨이 턱턱 막힐 때까지 뛰어 태암 경찰서에 홍미를 인계하고 거리로 나섰을 때 그는 홍미를 구하는 현채의 모습에서 비로소 깨달음을 얻었다. 복잡하게 얽힌 곳에서 살아가면서 실체 없는 두려움에 매번 꽁무니를 빼느라 그의 손으로 망쳤던 것들을 감당해야 했다. 그 시작이 바로 사건으로 인해 불구가 되어버렸다는 재성에 대한 익명의 후원이었다.

  현채는 어느새 깔끔하게 반창고가 붙어 치료된 손을 보며 그제야 태암에 정착한 아버지께서 하루도 일을 쉬지 못한 이유를 헤아렸다. 이제는 본인이 후원하겠다는 현채의 말에 아버지께서는 이건 본인이 감당해야 할 몫이라며 말도 안 되는 소리라고 딱 잘라 거절하셨다. 여러 번 설득해도 들은 척도 하지 않으셨으나, 번듯한 사회인으로서, 그리고 아버지의 유일한 가족으로서 짐을 함께 지고 싶다는 현채의 억지에 못 이겨 약 1년이 지나서야 아버지께서는 마지못해 고개를 끄덕이셨었다.

  그렇게 현채가 후원을 물려받고 2년이 지난 오늘, 윤우의 손에 후원금이 담긴 봉투가 들어가게 된 것이었다.

  연결이 되지 않아 삐 소리 후 소리샘으로 연결…
  집 앞 복도의 LED 센서 등이 움직임을 감지하며 팍하고 켜졌다. 현채는 입술을 잘근잘근 씹으며 똑같은 번호로 다시 전화를 걸었다.

  검은 바탕의 화면에는 '한홍미'라는 글자가 크게 적혀 있었다.

　현채는 벽에서 등을 붙였다 떼며 초조하게 발을 굴렸다. 홍미는 전화를 받을 기미가 보이지 않았다. 윤우가 카페에서 현채의 팔을 붙들었을 때는 본인이 홍미의 친구라는 걸 들켰나 싶어 온몸이 굳었었다. 홍미가 윤우에게 터무니없는 짓을 저질렀다는 건 그와의 대화를 통해 금세 알 수 있었다. 그가 말하는 사람의 주인공이 홍미라는 걸 깨닫자마자 등허리에 식은땀이 흘러내렸었다. 하필이면 어떻게 본인과 윤우가 지인의 주선으로 성사된 소개팅에서 절묘하게 만날 수 있었는지도 황당할 따름이었다.

　현채는 태암 경찰서에서 홍미로부터 자신을 떨어뜨려 놓던 경찰의 우악스러운 손길을 기억했다. 홍미는 본인들이 보호할 테니 현채와 아버지는 따로 조사를 받고 곧바로 귀가하라는 조처가 내려졌었다. 다시 경찰서에 찾아갔을 때 홍미는 이미 원창이라는 지역의 복지 시설로 인도된 후였다. 다른 세계의 사람 같던 홍미는 한순간에 나타났다 순식간에 사라졌다. 현채는 한눈에 반하기라도 한 것처럼 홍미의 존재를 지울 수 없었다.

　홍미를 다시 만난 건 수능이 끝나자마자 친구들

과 원창으로 1박2일 여행을 떠났을 때였다. 목적지가 원창이라는 말에 홍미를 떠올리긴 했으나 정말 마주치게 될 줄은 전혀 예상치 못했었다. 홍미는 영하에 가까운 날씨에 겉옷도 없이 상가 간판 네온사인과 가로등 빛을 받으며 건물 입구 계단에 앉아 있었다. 1층에는 고깃집이, 3층에는 노래방이, 5층에는 마사지 업소가, 7층 꼭대기에는 모텔이 옹기종기 모여 있는 상가였다. 현채는 곧장 홍미를 향해 뛰어갔다. 뒤에서는 친구들이 버스 막차가 오고 있다며 소리치고 있었다. 현채는 자리에서 급히 일어나며 경계하는 홍미에게 다짜고짜 본인을 기억하냐고 물었다. 그러곤 자신에게 연락할 전화번호를 두서없이 알려주고 다시 친구들에게로 뛰었다. 버스가 출발하지 못하게 막아준 친구들 덕분에 막차를 탈 수 있었지만, 홍미에게서 연락은 오지 않았다.

그 사이 현채는 교육대학교에 진학했다. 그곳에서 대학 선배와 연애하고 헤어지기도 했다. 아버지의 건강이 악화하여 간병하느라 교사 임용 시험에는 졸업 이후 1년 늦은 2010년도에 합격했다. 태암초등학교에 발령받은 이후 담당하는 반의 학생들 사이에서 누가 올해에 세상이 멸망한다고 예언했다는 괴담이 돌 때쯤 기적적으로 홍미의 연락을 받을 수 있었다. 태암 경찰서에서 헤어진 이후로 무려 7년 만의 연락이었다. 때마침 홍미 역시 태암에 살고 있었기에 현채는 곧바로 홍미와의 약속을 잡았다. 자주는 아니었으나 몇 번 만났던 덕에 홍미의 전 남자 친구인 윤우와의 연애 이야기도 전해 들었었다. 둘의 만남은 언제나 밖에서 이루어졌다. 그 탓에 현채는 홍미의 집이 어디인지 알지 못했다.

"초대 감사했습니다."

갑작스럽게 들린 목소리에 현채는 발신음만 이어지는 전화를 급히 끊었다. 문을 열고 나오는 윤우의 표정은 예상보다도 훨씬 더 불쾌해 보이면서도 언뜻 절박하기도 했다. 그는 현채가 무어라 하기도 전에 별다른 인사도 없이 비상계단 문을 열고 소란스럽게 내려가 버렸다.

어안이 벙벙하여 집으로 들어가자, 아버지께서는 다 식은 차로 목을 축이고 계셨다. 피곤해 보이는 것 이외에 특별한 건 없어 보였다. 현채는 아버지께 대화가 잘 풀리지 않았는지 여쭤보았다. 그 질문에 아버지께서는 눈을 동그랗게 뜨고 고개를 내저으셨다.

"책임이 전혀 없다고 말씀드리기는 어려울 것 같습니다."

묵묵히 듣다 마침내 입을 연 윤우는 그 말 뒤에 그렇다고 해서 목격자의 진술 하나로 모든 게 결정

되는 것도 아니기에 평생을 짊어질 죄도 아니라며 아버지의 실수와 잘못을 용서하겠다고 덧붙였다 했다. 물론 재성과 민하의 몫은 그가 대신할 수 없으니 이는 당사자에게 직접 말하는 수밖에 없다고도 했다. 자리에서 일어나면서는 그 건물 지하에 퇴폐업소가 있었으며, 사건 당일에 분명히 그곳에서 다투는 사람들이 존재했음에도 후일 찾아보니 모든 사건 기록에서 그 사람들의 기록은 전부 배제되어 있었다고 허탈하게 말했다고 했다. 아버지께서는 그 말을 하는 윤우의 모습은 이미 사건 자체에는 큰 미련이 없어 보였다고 회상했다.

현채는 긴장이 풀려 예전처럼 손을 떠는 아버지의 모습에 조용히 찻잔을 치웠다. 윤우가 돌아가면 곧장 홍미와 만날 약속을 잡으려 했던 계획은 내일로 미뤘다. 홍미는 지금 연락이 안 될뿐더러 오늘은 아버지의 곁을 지켜야 할 것 같았다.

현채는 기침을 멈추지 못하는 아버지 옆에 잠자리를 마련했다. 어느새 바깥에서는 퍼붓듯이 세차게 내리는 비가 창을 때리고 있었다. 겨울비답지 않게 빗줄기가 꽤 거셌다.

윤우는 왜 화가 나 있었을까. 아버지와의 대화로 인해 유발된 감정 상태가 아니라면, 현채로서는 답을 찾을 수 없었다.

제4장

교차점

홍미는 반사적으로 숨을 크게 들이켰다. 눈앞에 닥친 공포에 온몸이 딱딱하게 굳었다. 방음이 전혀 되지 않는 반지하 문에서 빗소리와 함께 울리는 노크 소리에 벌컥 문을 연 게 잘못이었다. 잠시 멀리 떠났던 춘자가 서 있을 줄 알았던 그곳에 윤우가 있었다. 어둠 속에서 주먹을 꽉 쥐고 거친 숨을 몰아쉬는 그의 입에서는 아득아득 이가 갈리는 소리가 새어 나왔다.

"죽었다더니."

윤우는 반복적으로 주먹을 쥐었다 폈다. 현채 아버지의 입에서 인진의 홍미라는 이름을 들었을 때는 정말 정신이 아득해졌었다. 홍미를 아시냐고 여쭤보니 그의 딸인 현채가 지금까지도 종종 만나고 있다고 답하셨다. 어디에 사는지도 알고 계시냐는 답에는 정확히는 모르지만, 동네의 작은 슈퍼에서 마주친 적이 있다고만 하셨다. 오래 전이라 그런지 홍미는 본인의 얼굴을 기억하지 못하는 것 같아서 굳이 아는 척하지 않았다는 그의 사담이 윤우의 귀를 타고 줄줄 흘러내렸었다.

대화를 마무리하고 집에서 빠져나온 그는 문밖

의 현채와 인사를 하는 둥 마는 둥 지나쳐서 곧장 홍미와 마주쳤었다는 슈퍼를 찾았다. 그는 슈퍼를 마감하려는 사장에게 홍미를 아느냐고, 작은 체구에 머리에는 곱슬기가 있고 멀건 인상의 20대 후반 여성을 본 적 있느냐고 물었다. 그곳에서 홍미가 들어오고 나간 방향을 들은 이후로 그는 마주치는 모두를 붙잡아 홍미를 본 적이 있는지, 알고 있는지, 집의 위치를 아는지까지 물었다. 윤우는 자신이 미친 놈 취급을 받든 말든 신경 쓰지 않았다. 그러다 억수처럼 쏟아지는 겨울비에 아주 젖어 몸에서 증기가 피어오를 때가 되어서야 낡은 반지하 앞에 도착할 수 있었다.

윤우는 기막혀서 흘러나온 말 한마디 이후로 한참 동안 입을 다물었다. 홍미의 생존 소식에 환상적인 안도감이 드는 한편, 아무런 답도 하지 못하고 굳어 있는 홍미가 속에 거슬리도록 싫었다. 눈앞의 사람을 끌어안고 재회의 눈물을 흘리고 싶으면서도 홍미를 사랑했던 시절의 그는 대체 무슨 생각이었던 것인지 이해되지 않았다.

"왜 그랬어?"

혼란스러움에 집 내부로는 한 발짝도 들이지 않은 채로 묻자, 홍미는 더듬거리며 입을 열었다. 홍미의 말에 의하면 그는 좋은 사람이었다. 물론, 애인으로서도. 그러나 자신은 그냥 헤어지고 싶었다. 둘이 어울리지 않는 것 같았다. 윤우의 잘못은 아니다. 그런데 이걸 윤우에게 설명하고 이해시키는 과정이 어려울 것 같아서, 그래서 그랬다. 민간 조사업체에 제 죽음을 꾸며달라고 부탁했다. 죽어버렸다고 하면 처음에는 상실감에 힘들어도 죽음은 어떻게 할 수 없는 일이기에 포기하기 쉬울 테니까. 누군가를 원망하거나 잘잘못을 따지지 않아도 마무리지을 수 있으니까.

윤우는 그의 눈치를 보며 어쩔 줄 몰라 하는 홍미의 얼굴을 뚫어질 듯이 쳐다봤다. 죽음을 꾸며낸 이유가 고작 헤어짐의 이유를 설명하기 싫어서라니. 홍미는 절대 정상적인 방식으로는 예측할 수 없는 사람이라는 생각이 들었다. 보통의 사람이라면 알고 있거나 알아야 하는 사회의 상식으로는 담아내지 못하는 사람이 홍미다. 상식을 기반으로 한 반응과 행동을 기대할 수 없는 사람이기도 했다. 홍미의 의중은 보통의 사고로는 간단히 헤아릴 수 없었다. 그 말인즉 홍미와는 함께 사회를 이룰 수 없고, 그렇기에 경계해야 할 외집단 사람에 불과했다. 그게 윤우의 학습된 본능과 무의식이 단숨에 도달한 결론이었다.

그는 그제야 홍미가 끔찍하게 느껴졌던 이유를 알 수 있었다. 홍미의 예측할 수 없음은 그의 상상을 뛰어넘었다. 허술한 펜스 하나 쳐져 있지 않고 광장에 덩그러니 놓인 국가유산 돌덩이 위에 눕는 사람 정도로 가볍게 넘어갈 일이 아니었다. 홍미의 어긋난 사고방식은 톡톡 튀는 정도를 넘어서서 단 한 번의 도약으로 이 행성을 떠날 수도 있을 것 같았다. 그의 축적된 삶은 예측할 수 없는 사람, 그렇기에 신뢰할 수 없는 사람은 곁에 둬서는 안 되는 사람이라고 외치고 있었다.

 윤우는 말없이 잠잠하게 뒤돌았다. 떠나려는 그를 붙잡으려는 듯 홍미의 팔이 움찔거렸지만, 끝내 아무것도 붙잡지 못하고 허공에서 멈췄다. 윤우는 지상을 향해 계단을 올랐다. 금이 가고 어긋난 계단을 오르며 그는 자신이 홍미에게 한눈에 빠져 사랑했던 이유 역시 알 수 있었다. 홍미는 윤우가 자유롭던 중학생 때까지의 모습을 하고 있었다. 제멋대로에 질서에서 벗어난 모습이 판박이였다. 그렇기에 그는 홍미에게 빠져들었다. 멀어지고 있는 이 순간에도 다른 누구도 아닌 자신이 홍미를 신뢰할 수 있는 사람으로 바꿀 수 있으리라는 근거 없는 믿음이 울컥 솟구쳤다. 다른 점이 있다면 중학생 시절의 그는 질서를 알면서도 지키지 않았고, 홍미는 질서가 무엇인지조차 모른다는 것이다. 그런 주제에 홍미는 질서를 지키려고 애썼다. 그 모습이 정도가 지나치게 거슬렸다. 죄 없는 홍미를 밀어내서는 안 된다는 죄의식을 갖도록 만들었다.

지상으로 올라온 윤우는 팔을 뻗어 손바닥을 거세게 때리는 빗방울을 가늠했다. 아무려면 어떤가. 그는 홍미에게서 자유로운 과거의 자신을 느껴 사랑하였으나, 과거의 모습은 멍청하고 아둔했었기에 지금의 그는 예전의 모습을 끔찍하게 여길 만도 했다. 윤우는 더 이상 12년 전에 머물지 않았다. 그는 이미 중학생 시절의 어리석은 자신을 도려냈다. 그러니 지금도 같은 결정을 내려야 한다.

홍미는 윤우가 문 앞에서 돌아서는 모습을 멀거니 지켜보았다. 번거로운 방식을 써서라도 피하려던 처참한 이별이 가장 끔찍한 방식으로 돌아왔다는 생각이 들었다. 대화를 시도하지도 않는 윤우의 눈에서는 진득한 경멸이 묻어났었다. 홍미의 몸이 잘게 떨리기 시작했다. 홍미는 그의 경멸을 온전히 받아내고서야 자신이 알량한 죽음으로 이별을 덮어 가리려던 이유를 알 수 있었다. 윤우로부터 받게 될 이해 받지 못함이, 거절이, 배척이 두려웠던 것 같았다. 그에게서 영원히 거절당하고 싶지 않았다. 그래서 그런 선택을 했던 것 같았다.

찬 바람이 들어오는 문을 닫자, 조금이나마 빠져나갔던 꿉꿉한 곰팡내가 훅 다가왔다. 윤우가 홍미를 찾아내어서는 안 됐다. 우리 둘을 위해서 죽음을 꾸며냈다고 속속들이 털어놓는 게 아니라 조잡한 거짓이라도 꾸며내서 말했어야 했다. 그것도 아니라면 차라리 자신이 죽음을 꾸며낸 이유를 깨닫지 말았어야 했다. 홍미는 버림받는 게 두려워졌다. 그보다 정확하게는 애초에 두려움을 느끼고 있던 대상의 정체가 무엇인지 알아차리는 실수를 저질렀다. 이미 윤우가 홍미를 포기한 마당에, 이미 버려진 마당에 절대 두려워하면 안 될 대상이었다. 자각된 공포는 실체를 갖자마자 순식간에 몸집을 키우며 불어났다.

홍미는 불안한 마음에 핸드폰을 집어 들었다. 화면이 켜지기도 전에 핸드폰이 진동하며 부재중 전화가 와 있음을 알렸다. 현채로부터의 연락이었다. 부재중 기록 이외에도 우연히 윤우를 만나 심상치 않은 이야기를 들었으니, 당장 만나서 이야기하자는 내용의 문자가 와 있었다. 홍미는 답장 입력란에 본인의 집 주소를 충동적으로 적어넣고서 전송 버튼을 누를지 말지 고민했다. 세상에서 반 층 아래에 있는 퀴퀴한 집은 누구에게도 알려준 적 없었다. 홍미를 추적한 어머니 춘자와 윤우가 유일했다. 그리고 윤우는 이곳에 속하지 않는 만큼 곧장 돌아서서 나가버렸다. 윤우와 같이 지상에 살고 있는 현채 역시 홍미가 속한 곳을 보고서는 뒤돌아 떠날지도 몰랐다.

전송 버튼 위에 손가락을 올려둔 채로 갈피를 잡지 못하고 이리저리 헤매고 있을 때 다시금 반지하로 내려오는 발걸음 소리가 들렸다. 홍미는 전송 버튼을 누르지 않고 핸드폰 화면을 껐다.

돌아온 윤우를 맞이하기 위해 주저 없이 연 문 뒤에는 춘자가 있었다.

*

춘자는 인진의 촌갑을 만나고 오는 길이었다. 촌갑은 인진이 와해된 이후, 교도소에 수감되었다 출소하여 태암이 아닌 다른 지역에서 기초 생활 수급자로 연명하고 있었다. 춘자는 비루하게 살고 있는 촌갑을 찾아가 인진을 되살려야 한다고 말했고 촌갑 역시 고개를 치켜들고 마땅히 그러해야 한다고 답했었다. 그렇게 인진을 부흥시키고자 하는 책임감과 열의에 휩싸인 춘자가 인진 사람들을 찾아다닌 지도 2년째였다.

이번에 촌갑을 만난 춘자는 아직 수가 부족하지만 우선 인진으로 돌아간 다음에 주민을 더 모으자고 제안했다. 그곳에서 번듯하게 살아가는 모습을 보여주면 인진으로 돌아오길 거부했던 사람들의 마음까지도 돌릴 수 있을 것이라는 생각에서였다. 촌갑은 허옇게 바랜 턱수염을 매만지며 그리 성급하게 결정할 문제가 아니라고 했다. 그는 결정권자인 자신이 어련히 적당한 때를 지정해 줄 것이라 하며 소극적으로 구부리고 있던 허리를 곧추세웠다. 그러면서도 적당한 때라는 게 어느 때인지, 인진으로 돌아가기 위해 무엇을 더 하면 될지, 무엇을 기다리고 있는 것인지 묻는 춘자의 말에는 모호한 말로 얼버무리기만 했다.

촌갑은 인진으로 돌아갈 생각이 없었다. 그 모습이 이제야 춘자의 눈에 들어왔다. 그는 그저 춘자 앞에서만 과거의 권위와 자존심을 챙기기에 급급해 보였다. 촌갑은 인진을 되살릴 욕망도 없이 바깥 사회에 지저분하게 물들어, 거저 주어지는 돈으로 비굴하게 살아가길 원했다. 모두가 우러러보던 인진의 촌갑은 더 이상 존재하지 않았다. 그는 인진을 저버렸다.

춘자는 그 길로 홍미의 반지하 집으로 발길을 돌렸다. 촌갑에 대한 배신감에 온몸이 푸들푸들 떨리고 있었다. 언젠가 촌갑의 자리를 물려받기 위해 노력했던 시간이 전부 물거품이 되었다는 사실을 믿고 싶지 않았다. 촌갑의 지시 하나에 따라 뭣도 모르는 어릴 적부터 바깥 사회로 나왔고, 낯선 사회의 규칙을 배워 적응하였으며, 인진으로 돌아가서는 마을 사람들의 인정을 받기 위해 촌갑의 손발을 자처했었다. 인진에 헌신함으로써 그 위에 군림하고자 했으나, 정작 군림할 인진이 별안간 사라졌다. 그리고 인진의 파멸은 홍미의 고발이 초래한 결과였다.

"인진 주민의 자격은 허투루 주어지지 않아."

춘자는 방구석에 있던 목줄을 홍미 발치에 던졌다. 바깥 사회의 피가 섞인 홍미만 똑바로 교육했었다면 인진은 건재했을 것이다. 그랬다면 춘자는 마을 사람들의 눈초리를 받으며 인진에 헌신적이라는 걸 증명하고자 아득바득 노력하지 않았어도 되었다. 그랬더라면 인진의 부흥을 지금보다는 덜 간절하게 바랐을 것이고, 촌갑에게 이 정도의 배신감을 느끼지 않았을지도 모른다.

홍미는 고분고분하게 바닥에 손을 짚고 목줄을 주워 들었다. 목줄은 자주 사용한 탓에 보풀이 군데군데 올라와 있었다. 춘자는 군말 없이 목에 목줄을 갖다 대는 홍미를 주시하다 줄을 뺏어 들었다. 목줄은 쉭 소리를 내며 순식간에 손에서 빠져나오다 채찍처럼 휘어져 홍미의 얼굴을 길게 내리쳤다.

"인진 사람들이 집을 잃었어."

춘자는 자신의 얼굴에 깊게 파인 주름을 문질렀다. 인진에서 살 적에는 없던 것이었다.

홍미는 지금의 사단이 전부 누구 때문이냐는 춘자의 물음에 본인의 잘못이라 답했다. 모두가 답을 알고 있는 형식적인 질의응답 이후에는 인진에서 받던 주민 소양 교육이 이어졌다. 홍미는 다시 던져진 목줄을 받아 목에 맸다. 그런 다음에는 네발로 기며 말 못 하는 벙어리 흉내를 냈다. 평소와 똑같은 교육이었다. 그러나 홍미는 난생처음으로 이곳에서 벗어나고 싶다는 생각이 들었다. 교육을 오랜만에 접하여 어색한 적은 있었어도 도망치고 싶다고 생각한 적은 없었다.

홍미는 춘자가 머리채를 잡아채서 머리가 좌우로 흔들려도 머리카락이 없는 민머리인 척 아픈 기색을 숨겼다. 머리채를 따라 격렬하게 흔들리는 시야로 출입문이 흐릿하게 들어왔다. 윤우가 돌아섰던 그 문이었다. 별안간 이곳에서 빠져나가 윤우를 뒤쫓아 가고 싶다는 충동이 홍미를 불쑥 휘감았다. 그를 따라나서면 홍미를 위한 변화를 손에 쥘 수 있을 것 같았다. 바깥 사회로 나감으로써 겪게 될 변화가 무엇인지 정확히는 알 수 없으나, 홍미는 그것을 얻어보고 싶었다. 그러나 자신이 바깥 사회의 변화를 온전히 감당할 수 있을지, 변화를 겪을 시간이 주어지긴 할지, 이곳에서 벗어나 바깥으로 뛰쳐나가도 될지 아무것도 확신할 수 없었다.

"저 문밖으로 나가고 싶니?"

춘자는 홍미의 눈앞에 얼굴을 불쑥 들이밀었다. 홍미는 벙어리답게 웅얼거렸으나, 압박을 견디지 못하고 자신도 모르게 춘자의 시선을 피했다.

"바깥으로 나가도 널 받아주는 곳은 없어."

춘자는 홍미의 머리채를 무겁게 흔들었다. 그러고선 홍미더러 이미 바깥 사회가 홍미를 거부하여 격리된 끝에 고립되어 있지 않냐며 얼굴을 찌푸렸다. 머리채를 잡고 있던 손아귀에 힘을 푼 춘자는 홍미의 바짓자락을 보란 듯이 힘껏 밟았다. 홍미는 그간의 교육에 따라 이제껏 옷이라곤 걸친 적도 없는 척 앞으로 기어 나가려 애썼다. 조금 욕심을 부려 문 쪽으로 기려 했으나 춘자가 목줄을 잡아당김으로써 이내 저지당했다.

홍미는 당겨진 목줄에 이끌려 마른기침하고서 방 안쪽으로 방향을 틀었다. 안쪽으로, 더 구석으로 기어가면서는 어머니의 말을 귀담아들었다. 인진을 버려도 바깥 사회는 이미 홍미를 추방했다. 인진으로 돌아가지 않는 한 이곳에서 발붙일 곳은 이 허름한 반지하밖에 없다.

홍미는 네발로 기고 있었음에도 다리를 강하게

걸어 넘기는 춘자에 의해 볼썽사납게 넘어졌다. 바닥에 부딪혀 몸 안에 있던 숨이 탁 터져 나왔다. 그 순간 목줄이 홍미의 목을 강하게 조였다. 춘자가 직접 목을 조른 적은 처음이라 홍미는 반사적으로 눈을 크게 떴다. 그러나 눈앞에서 목을 조르고 있어야 할 춘자는 정작 저 멀리 떨어져 있었다.

홍미는 당혹감에 눈을 굴렸다. 춘자가 잡아당긴 게 아니라면 갑자기 왜 목이 조이는 것인지 알 수 없었다. 목줄이 어디에 걸린 것도 아니었다. 목줄은 혼자서 홍미의 목을 조이고 있었다. 넘어지며 숨을 죄다 뱉어낸 탓에 순식간에 공기가 부족해졌다. 홍미는 본능적으로 줄을 잡아 뜯어 숨통을 트려 했으나, 목줄은 이미 손가락이 들어가지 않을 정도로 강하게 조여들어 있었다. 공포에 질려 사지를 퍼덕이던 홍미는 이전부터 느껴졌던 허구의 시선이 바로 옆에 있음을 알아차렸다. 그 찝찝한 시선이 목줄을 소름 돋게 잡아당기고 있었다.

홍미는 혀를 길게 빼고 눈을 까뒤집으며 윤우를 떠올렸다. 자신이 죽었다고 거짓말함으로써 윤우가 어떤 상처를 받았는지는 알 수 없었다. 다만 윤우는 이제껏 보았던 모습과는 달리 홍미를 경멸하였다. 그것이 홍미의 거짓말로 인해 초래된 결과임은 분명했다. 윤우를 붙잡고자 했던 순간의 바람이 염치없

게 느껴졌다. 홍미는 몸을 덜덜 떨며 목을 긁고 있던 손아귀에 힘이 빠져가는 것을 느꼈다. 귓가에는 자신을 속이려 들지 말라며 직접 목줄을 잡아당기러 오는 춘자의 발걸음 소리가 몽롱하게 울렸다. 홍미는 흐릿한 시야에 굳게 닫힌 반지하 문을 담았다. 문을 나설 수만 있다면, 이미 어긋나버린 윤우와 아직 돌이킬 수 있을지도 모르는 현채가 보고 싶었다.

새빨갛게 질렸던 홍미의 얼굴이 차츰 하얗게 질려갔다. 뒤늦게 알아차린 고립된 외로움의 크기만큼, 몸이 점차 무거워졌다.

마지막으로 숨을 들이마실 힘마저 전부 빼앗길 때쯤, 항아리가 깨지는 소리와 함께 하얀 가루 한 무더기가 홍미의 머리 위로 쏟아졌다. 깨진 단지 조각이 사방으로 떨어지며 홍미의 목을 옥죄던 힘도 순식간에 풀렸다. 뒷골을 고통스럽게 움켜잡고 쓰러지는 어머니 뒤로 숨을 몰아쉬는 현채가 보였다.

*

현채는 곧바로 홍미 옆에 주저앉았다. 바지에

희뿌연 가루가 묻는 것 따위 전혀 신경 쓰지 않았다.

"목줄을 왜 차고 있어."

현채는 떨리는 손으로 홍미의 목에 감겨 있는 목줄을 풀었다. 꿇어앉은 현채 뒤로는 절망적인 표정의 윤우도 서 있었다.

홍미는 쓰라린 숨을 들이마시며 믿기지 않는 표정으로 현채를 올려다봤다. 홍미는 자신을 반쯤 일으켜 세우며 이곳에서 빨리 나가자는 현채를 붙잡고 어떻게 알고 이 시간에 알려준 적도 없는 집까지 찾아왔냐고 물었다.

"네가 문자로 알려줬잖아?"

현채는 홍미가 문자로 보내준 집 주소를 찾아 이곳까지 왔다고 의아한 표정으로 답했다. 다른 내용 없이 오직 집 주소만 보낸 문자에 자다 깨서는 급히 출발했고, 오는 길에 윤우를 만났다며 그를 살짝 쳐다봤다. 윤우는 무언가 잘못된 것 같다는 현채의 말에 확인차 발걸음을 돌려 들렀을 뿐이라고 웅얼거렸다. 홍미의 눈을 피하고 있었으나, 여전히 착잡한 표정이었다.

현채는 홍미를 부축하여 힘겹게 일어섰다. 윤우 역시 거들기 위해 다가왔으나, 급히 방향을 틀어 홍미에게 달려들던 춘자를 막아섰다. 피가 흐르는 머리를 또다시 바닥에 부딪힌 고통에 바닥을 구르다

발악하기 시작한 춘자는 윤우에 의해 저지되었음에도 주름진 손끝으로 홍미의 바짓단을 붙잡고 늘어졌다. 어머니의 갈라진 입에서는 어딜 멋대로 나가려 하냐며, 이곳에서 도망쳐도 홍미를 받아줄 곳은 없다는 악담이 재차 쏟아졌다. 현채는 저런 말은 듣지도 말라며 홍미를 잡아당겼다. 눈살을 찡그린 현채 뒤로는 어느새 제복을 입은 경찰이 모습을 드러냈다. 춘자가 피우는 소란에 이끌려 온 것 같았다. 홍미는 경찰 중에서 본인의 얼굴을 알아보고 다가오는 사람이 있을까 봐 다급히 고개를 숙였다.

아래에서는 춘자가 피 묻은 손끝으로 홍미의 바짓단을 붙잡고 저주의 말을 쏟고 있었다. 윤우는 그런 춘자를 저지하고 있었으나, 홍미에게 고립의 독설을 퍼붓는 춘자의 입을 막지는 않았다. 앞에서는 현채가 11년 전 인진에서처럼 홍미를 끌어당기고 있었다. 강경한 태도의 현채 뒤로는 홍미가 이해할 수 없고, 그들 역시 홍미를 이해하기를 거부하는 바깥 경찰이 반지하 집 안으로 밀고 들어오고 있었다.

홍미는 어느 것도 선택할 수 없었다. 현채를 따라 바깥으로 나가고는 싶었다. 현채와 윤우가 속한 세상으로 가보고 싶었다. 춘자의 손끝은 마음만 먹으면 금세 털어낼 수 있었다. 그러나 홍미의 발목을 붙잡는 건 춘자의 손끝이 아닌 입이었으며, 그것보다도 현채의 뒤로 모습을 드러낸 경찰 제복이 홍미의 두 다리를 세상 무엇보다도 무겁게 끌어내렸다. 또다시 눈 깜짝할 새에 홀로 남겨져 11년 전과 똑같은 일을 겪을 수도 있다는 생각에 두려웠다. 고개를 푹 숙인 채 선택하지 못하는 홍미의 호흡이 불규칙적으로 흔들렸다.

"홍미야."

홍미는 현채의 부름에 숙이고 있던 고개를 들었다.

"나랑 같이 가자."

현채는 갈피를 잡지 못하고 이리저리 헤매는 홍미의 손을 굳세게 맞잡았다. 그러곤 알지 못한 채로 휘둘리고 홀로 감내해야 했던 그때와는 다르다고, 자신이 곁에 있겠다 말해주었다. 현채의 맞잡은 손에는 흔들림이 없었다. 거짓과 망설임 따위는 없이, 오직 곧은 의지만이 가득했다.

한 번만 자신을 믿고 함께 밖으로 나가자는 현채의 말을 들은 홍미의 눈에 투명한 눈물이 차올랐다. 모두가 본인이 직접 말하기를 꺼리던 말을 해준 현채가 이루 말할 수 없이 고마웠다. 홍미는 아무도 해준 적 없던 말을 듣고 나서야 모든 것을 뒤로하고 반지하 문밖으로 나갈 수 있었다. 둘이 떠난 반지하에는 세상이 떠나가라 소리를 지르는 춘자, 춘자의 몸만 막아선 윤우, 산산이 조각난 외할머니의 유골함과 고압적으로 번쩍이는 경찰 제복만이 남아 있었다.

제5장

갈림길

*

 춘자는 제복을 입은 경찰과 동행했다. 그곳에서 조사를 받던 춘자는 인진 출신 주민의 제보로 다른 방향의 조사까지 겸해서 받아야 했다. 인진을 되살리고자 사방으로 이리저리 바쁘게 돌아다녔다는 말에 시작된 조사는 춘자가 혀를 뜯어먹는 호환을 재현하기 위해 소름 끼치는 도구 여럿을 갖춰두었다는 정황을 발견하며 속도를 내기 시작했다. 춘자는 인진 사람들과 함께 평화롭던 인진으로 보내달라며 하루가 멀다고 악을 썼고, 그런 춘자의 행보에 대해 촌갑은 자신은 모르는 일이라며 잡아뗐다.

 인진의 악행이 재현될 뻔했다는 소식이 태암에 알음알음 알려졌다. 가뜩이나 인진과 붙어 있어 태암이 인진에 물드는 건 아닌지 불안에 떨었던 태암 주민들은 11년 전 인진에서 풀려나온 사람들을 색출하기 시작했다. 색출 당한 사람들은 자신은 모르는 일이라며 잡아떼었으나, 진실과는 별개로 인진 사람들을 추궁하는 과정이 다소 과격하여 인진의 악행에 관한 내용이 전국 신문사로 퍼지게 되었다.

 전국에서는 인진 사람들을 어떻게 해야 할지 논쟁이 벌어졌다. 어떤 사람은 그들이 사회에 해악을 끼칠 테니 인진 주민끼리 모아놓고 사회에서 격리해야 한다고 했다. 또 다른 누군가는 사회에 해악을 끼칠 사람이 어디 인진 사람뿐이겠냐고 목소리를 높였다. 그중 몇몇은 부족해 보이는 모든 걸 쳐내고 솎아낸 사회에 과연 무엇이 남겠느냐고 한탄했다.

이미 원창의 복지 시설과 고등학교라는 교육소에서 도망치며 바깥 사회의 뜻대로 교화되지 못한 전적이 있던 홍미는 인진 사냥이 시작되기 전에 태암을 떠났다. 홍미를 끈덕지게 따라다니던 허구의 시선은 전송 버튼을 누르지 않은 문자가 현채에게 보내진 그날 이후로 자취를 감추었다. 실체 없는 시선이 사라진 이후로는 기이한 사건이 다시 일어나는 일은 없었다.

현채와 현채의 아버지 역시 그날 이후 태암을 떠나 믿음을 간직한 고향으로 거주지를 옮겼다. 고향을 떠날 적에 둘을 배웅해 주었던 마을 사람들은 10여 년이 지나 돌아온 둘을 반갑게 맞이해주었다. 둘과 함께 온 홍미라는 외지인에게도 살갑게 대해주었다.

현채의 아버지께서 오랜 고민 끝에 재성을 찾아가느라 집을 비운 날, 홍미는 현채에게 그날 춘자를 저지하느라 깨진 항아리는 외할머니의 유골함이었다는 사실을 밝혔다. 짐을 정리하던 현채는 화들짝 놀라며 진심을 담아 미안한 마음을 전했다. 그런 현채에게 홍미는 고개를 저으며 자신에게는 중요한 물건이 아니었다고 답했다. 갑갑하여 거북했던 것이 풀려 마음이 후련해진 표정이었다.

    윤우는 크리스마스를 몇 시간 앞두고 거리로 나섰다. 태암 거리 곳곳에서는 뒤숭숭한 분위기 속에서도 일찍부터 크리스마스를 기념하고 있었다. 태암마트 앞쪽에 있는 성당 입구에서는 성가대와 합주단이 모여 있었다. 성가대는 조화로운 소리를 내는 합주단과 합을 맞추며 1시간 후면 본격적으로 시작될 크리스마스를 위해 찬송가를 부르고 있었다. 윤우는 성가대의 노래를 감상하는 사람들과는 조금 떨어진 곳에서 찬미의 노래를 부르는 이들을 처음으로 멸시하지 않고 눈에 담았다.
    종교를 믿는 사람들을 어리석다고 여기며 살아온 그였으나, 그날따라 찬송가를 가만히 듣고 있자니 조금은 다른 생각이 드는 것도 같았다. 성가대와 합주단이 내는 음률, 그리고 그들과 동화되어 자리를 지키고 있는 군중은 별 볼 일 없는 무의미한 날짜에 특별한 의미를 부여하고, 같은 의미를 공유하며, 약속한 날짜가 가까워지고 있음을 기뻐하고 있었다.

윤우는 성가대를 둘러싼 주변 사람들의 모습이 얼마나 행복해 보이는지 곰곰이 생각했다. 그러다 반지하에서 춘자를 막아섰던 그날 춘자의 입을 막을 수 있었음에도 막지 않았던 자신을 떠올렸다. 믿음을 갈구했던 12년 전, 부모님과 형이 그를 믿어줬더라면 무언가 달랐을지도 생각해 보았다. 성가대의 노래에 한참을 귀 기울이던 그는 핸드폰을 들어 형에게 전화를 걸었다.

그의 가족은 전화를 받지 않았다.

작가의 말

올곧다/난새

올곧다/난새

소개

1) 내용 정리
『하이얀』은 '사회화되지 못한 사람에 대해 사회는 어떤 입장을 취해야 하는가?'라는 질문에 본인만의 답을 내리는 소설입니다. 사회화되지 못한 사람을 A라고 가정했을 때, 사회는 A를 추방하거나, 방치하거나, 사회의 일원으로 받아들이는 3가지 선택지가 있습니다. 무엇을 선택하든 결과에 대한 장단점이 있겠으나, 개인적으로는 마지막 선택지가 옳지 않나 싶습니다. 사회화되지 못하였다는 것의 명확한 기준을 세울 수는 없을뿐더러 A를 포용하는 건 단일한 개인이 아닌 사회이기 때문입니다.

2) 줄거리
『하이얀』은 한홍미, 정윤우, 송현채 세 인물을

중심으로 이야기가 전개됩니다.

　홍미는 '우리가 속한 사회'가 아닌, 인진이라는 외부 사회의 규칙에서 성장했기에 우리 사회의 기준에서는 사회화되지 못한 인물입니다. 홍미는 인진의 규칙을 체화하여 살았으나, 현채의 손에 이끌려 우리 사회에 던져진 이후로 소속된 사회가 강제로 바뀌게 됩니다. 그에 따른 혼란을 견디지 못한 홍미는 고립되어 배척받지 않는 곳으로 도망치기를 선택합니다. 춘자가 홍미를 찾아내었을 때 홍미는 인진에 대한 관성적인 소속감을 느끼지만, 윤우로 대표되는 우리 사회가 등을 돌리자 인진이 아닌 우리 사회에 소속되어 살아가고 싶다는 열망을 자각합니다. 그러나 사회에 적응하지 못했던 기억에 사회로 나가고자 하는 결심을 망설이다, 현채의 동행으로 용기를 내어 다시금 우리 사회에 소속되고자 합니다.

　윤우는 의식적으로 사회화된 인물이자, 홍미에게는 심판자 역할의 인물입니다. 그는 규칙이 무엇인지는 인지하되 이를 체득하여 행하는 것을 거부하는 유년 시절을 보냈습니다. 그러다 사건에 휘말린 윤우는 사회화되지 못했기에 그가 범죄를 저질렀으리라는 사회의 어긋난 믿음과 조우합니다. 사회화되지 않으면 신뢰받을 수 없다는 사실을 깨달은 이후로는 사회에서 살아가기 위해 사회의 규칙을 의식적으로 체득합니다. 그는 옳고, 바람직하고, 모범적으로 성장하지만, 마음 한편에는 사회화되기를 거부하던 본질이 잔존하여 본능적으로 홍미에게 이끌립니다. 그러나 홍미와의 재회에서 홍미가 사회화되지 '못한' 사람임을 깨닫고서는 자신이 이제껏 겪었던 것처럼 사회화되지 못한 사람은 신뢰할 수 없고, 그렇기에 홍미와는 사회를 이룰 수 없으며, 결론적으로 홍미는 외집단의 사람이어야 한다고 심판합니다.

현채는 본능적으로 신뢰를 체득했다는 의미에서 본질적인 사회화를 이뤄낸 인물이자, 홍미에게는 구원자 역할의 인물입니다. 믿음이 충만한 동네에서 자란 현채는 타인을 믿을 줄 알고, 믿음을 줄 줄 아는 사람으로 성장합니다. 그렇기에 현채는 인진에서 비인간적인 대우를 받던 홍미를 선의로 구출합니다. 이후, 우리 사회 사람 중 홍미를 처음으로 믿어줌으로써 사회의 일원으로 받아주며 실현되기 어려울 것만 같던 홍미의 열망을 가능케 합니다. 현채의 믿음이 있었기에 홍미는 비로소 사회의 일원이 됩니다.

집필 과정

『하이얀』이 처음부터 지금의 내용이었던 건 아닙니다. 초기에는 사회화되지 못한 인물이 상식이라는 상호 신뢰를 망가뜨리면서 어떻게 사회를 망치는지를 그저 묘사하고 싶었습니다. 그러나 초기 원고에 대한 피드백을 받으며 문득 이 소설은 생각을 전달한다는 1차원적인 목적을 넘어서 특정한 생각을 촉발해야 한다는 의무감이 들었습니다. 그러고서 원고를 읽어보니 자랑스럽게만 보이던 원고는 어느새 너무나도 부족한 원고가 되어 있었습니다. 수정된 목적을 달성하기 위해 인물, 사건, 배경을 다시 구상하고, 이를 새로운 문장으로 구현했습니다. 아예 새로운 원고를 구상하다시피 하며 대대적인 수정에 돌입한 결과 지금의 『하이얀』이 완성되었습니다.

집필하며 정말 많은 생각을 했습니다. 그중에서도 저를 사로잡은 주제는 '그래서 나는 작중 누구에 해당하는가?'였습니다. 아무리 생각해도, 저는 굳이 고르자면 윤우에 가깝다고 생각합니다. 누군가가 고통스러워지는 건 원치 않으나, 그렇다고 해서 누군가를 보듬어줄 용기와 여력이 있는 것도 아닙니다. 그렇기에 저는 어중간한 죄책감과 정의감을 가지고 살아갑니다.

그럼에도 불구하고 감히 입을 열자면, 우리는 사회이기에 개인을 오롯이 감당하지 않고, 그렇기에 A와 함께 공존해야 한다고 생각합니다. 앞서 언급한 바와 같이 우선 사회화에 대한 명확한 기준을 설정할 수는 없을뿐더러, 만일 A가 짐이라면 사회는 그 부담을 분산하여 짊어질 여력이 있고, 개인이라는 개체에 대한 상호 보완에 사회의 존재 의의가 있다고 생각하기 때문입니다. 사실 감당이라는 표현도 적절하지 않을지 모릅니다. A를 받아들이는 게 왜 '감당'해야 하는 일인가. 사회가 도달해야 할 목표치와 이상향이 있고, 그곳을 향해서 앞으로만 가기 때문에 감당으로 받아들이는 건 아닌가? 사실 사회에는 이상향이 없고, 사회란 건 그저 존재하는 것은 아닌가? A를 받아들인다고 해서, 뒤떨어진 사회가 되는 게 아닐 텐데 말입니다.

이렇게 생각하지만, 저 역시도 마음속 깊이까지 제 말에 공감하고 있는지는 확신하기 어렵습니다. 제가 『하이얀』 이야기 속 상황을 마주했다면 윤우의 선택과 얼마나 달랐을까 싶습니다. 더불어, 과거의 저는 지금과는 다른 결론을 내렸겠다고 생각하는 만큼, 미래의 제가 지금과 여전히 같은 생각을 하고 있을지도 확신이 없습니다.

전 이렇게 흔들리고 있습니다. 저와는 달리 독

자 여러분께서는 『하이얀』의 질문에 명확한 답을 가지고 계시는지 궁금합니다.

소재 설명

명확한 지향점이 있는 만큼, 『하이얀』 곳곳에는 표상이 숨어 있습니다. 그중 몇 가지를 말씀드리겠습니다.

1) 하이얀

홍미는 흰색과 투명을 구분하기 어렵습니다. 투명은 보이지 않아도 분명 존재하고 있는 사회적 약속과 책임을 비롯한 암묵적으로 합의된 것들을 뜻합니다. 반대로 흰색은 눈에 보이는 계약서처럼 '명시된 것들'을 뜻합니다. 인진에서 살던 홍미는 흰색과 투명을 분간하지 못하기에 눈에 보이는 흰색밖에 알지 못하고 흰색만 중시합니다. 그러나 사실 손에 쥔 하얀 계약서가 효력을 발휘하는 건 당사자가 계약서에 작성한 대로 행동해주리라는 투명한 믿음이 있기 때문입니다. 『하이얀』 세상의 색은 전부 투명을 전제로 했기에 성립합니다. 이러한 규칙을 알지 못하는 홍미의 하얀색은 온전하지 못하기에 일그러져 있으므로 '하이얀' 색으로 표기되어야 합니다.

  2) 흰색과 투명

  윤우와 현채를 중심으로 보면 흰색과 투명은 다른 의미를 갖습니다. 수채화에서는 흰색과 검은색을 쓸 수 없습니다. 색을 칠하지 않고 남겨둠으로써 작품 속의 맑은 빛을 표현해야 하기 때문입니다. 그러나 윤우는 사회화라는 빛을 표현해 내기 위해 흰색을 칠했고, 현채는 아무것도 바르지 않고 그 자체로 투명한 빛을 표현했습니다. 이렇게만 보면 현채가 옳고, 윤우는 틀린 것처럼 보입니다.

  그러나 프롤로그에서 잠깐 언급했듯이, 저는 윤우도 틀리지 않았다고 생각합니다. 모든 사람이 하얀 도화지를 갖고 태어나거나 받는 것은 아니며, 외려 하얀 도화지를 가진 쪽이 소수라고 생각합니다. 윤우는 그저 현채와 달리 하얀 도화지를 받지 못한 것입니다. 빛을 표현해야 하는 부분이 다른 색으로 얼룩져 있다면, 흰색을 칠하는 게 빛에 가까워지는 길 중 하나라고 생각합니다.

  3) 홍미의 집 주소를 보내고, 목을 조른 것

  홍미를 죽이려던 '것'. 그것은 홍미를 죽이려던 동시에, 현채에게 홍미의 집 주소 문자를 발송함으로써 홍미를 살리려고도 했습니다. 그것은 오랫동

안 홍미를 주시했습니다. 홍미는 그 시선을 알아차렸으나, 그것은 실체가 없었기에 허구의 감각으로 치부되었습니다.

그것은 사회 의지의 일종입니다. 그것은 홍미를 죽임으로써 사회 존속을 도모하고자 했고, 그것은 홍미를 살림으로써 사회로서의 존재 의의를 증명하고자 한 것입니다. 그것의 의도와 목적을 염두에 두고 작품 속 인물의 행적을 쫓으신다면 『하이얀』을 깊이 있게 음미하시는 데 도움이 되리라 생각합니다.

말씀드린 것들 이외에도 춘자의 입을 막지 않은 윤우의 행동이나 윤우의 전화를 끝끝내 받지 않았던 그의 가족, 현채가 교사가 된 것의 의미 등 작품 속 요소에 대해 '왜'라고 질문 던져보시기를 추천해 드립니다.

분명 저는 특정한 의도를 가지고 원고를 집필했습니다. 그러나 독서란 건 단일하게 규정되는 일련의 행위가 아니라고도 생각합니다. 책의 문장은 독자가 읽고 자신의 해석을 덧붙이면서 완성되는 이중적 활자입니다. 소설 속의 인물들은 제가 미처 생각하지 못했던 특징을 어느새 가지고 있고, 그건 독자의 눈에서만 보이는 것입니다. 공모전 당선 이후 진

행된 미팅에서 새삼스럽게 알게 된 소중한 깨달음입니다. 독자의 관점과 해석 역시 책을 완성하는 구성 요소이고, 그렇기에 소중합니다.

집필의 시작

- 집필이라는 행위의 배경

지금부터는 저라는 사람에 대해서 조금 말씀드릴까 합니다. 시작은 아무래도 책을 좋아했다는 이야기부터일 겁니다. 전형적인 시작점입니다. 동화책부터 시작해서 소설책을 진심으로 즐겼습니다. 주말에 눈을 뜨면 머리맡의 책을 읽었고, 화장실에도 책을 들고 갔으며, 수업 시간에도 문제를 다 풀면 곧장 책을 읽었고, 쉬는 시간에도 독서, 길을 걸어갈 때도 부모님의 옷자락을 붙잡고 책을 읽었고, 밥을 먹을 때도 책을 읽어서 혼났고, 심지어 친구와 등교할 때도 독서를 했습니다. 누군가가 '쟤는 등교할 때도 책을 읽더라'라는 내용으로 험담하길래 등교할 때 책을 읽는 건 금방 관뒀지만, 좌우간 현대, 고전을 가리지 않았고 스릴러, 추리, SF, 판타지 등 소설이라면 장르를 가리지 않았습니다.

집필에 대한 미약했던 첫 도전은 정확하진 않지

만, 초등학교 6학년에서 중학교 사이였던 것 같습니다. 당시 싱크홀을 주제로 한 이야기를 꽤 길게 적었었습니다. 가족끼리 외식을 나가서도 깜깜한 차 내부의 어둠 속에서 작은 휴대폰의 메모장에 아이디어를 입력했습니다. 그렇게 몇십 페이지쯤 적었을 때 깨달았습니다. 이 소설은 지독하게도 재미없는 글이다. 그 글은 그대로 노트북 구석 어딘가로 처박혀서 그 뒤로 어느 누군가에게도 읽히지 못했습니다.

    가족이 아닌 타인에게 작가라는 꿈에 대해서 처음으로 진중하게 말했던 건 당시 저를 아껴주시던 학원 선생님께였습니다. 선생님께서는 제게 꿈이 뭐냐고 여쭤보셨습니다. 저는 작가가 되고 싶다고 말했고, 선생님은 작가 중에서도 어떤 작가가 되고 싶냐고 추가로 질문하셨습니다. 당황스러웠습니다. 단 한 번도 생각해 본 적이 없었기 때문입니다. 고민 끝에 SF 장르의 소설가가 되고 싶다고 답했지만, 제 답은 선생님의 기준에 미치지 못했던 것 같습니다. 선생님께서는 어떤 작가가 되고 싶은지 결정하고 미리 준비해야 한다고 말씀하셨고, 그해 선생님께서 제게 주신 생일 선물은 어린 나이에 억압에 맞서 싸운 어린이의 전기였습니다. 그 책은 재미있었고, 그 아이는 위대했습니다. 그리고 저는 본업으로서 작가의 꿈을 접었습니다.

전 현실적인 사람입니다. 사회에 가까워질수록 작가란 건 먹고살 만해졌을 때 도전하는 지위에 가깝게 인식되었습니다. 세상 모두가 말하는 대로 작가는 정기 수입이 없고, 여타 회사원과는 달리 작가는 제 인생을 떠받쳐주기에는 불완전해 보였습니다. 그렇기에 빨리 사회에서 자리를 잡은 다음에 집필을 시작하고 싶었지만, 말만 거창하고 사실상 아무것도 하지 않은 채로 조급하게 허둥대고만 있었습니다. 그때 가까운 지인이 지금이야말로 부담 없이 도전할 적기가 아니냐고 말해주었습니다. 지금 도전하고 실패해도 고작 그런 일로 인생은 망하지 않는다고 했는지, 제가 그렇게 생각했었던 건지는 명확하지 않습니다. 좌우간 허둥대던 제 모습이 멍청해 보이는 말이었습니다. 고민은 길지 않았습니다. 저는 곧장 펄에서 조급하게 움직이던 다리를 멈추고 지하 깊숙이 파고들었습니다.

집필을 본격적으로 시작한 시점과 『하이얀』 집필 사이에는 약 1년의 공백이 있습니다. 그 사이에 많은 감정 변화와 결심, 후회되지 않는 노력이 있었습니다. 이 기간은 너무 가까운 과거입니다. 아직 무엇이라 정의 내리고, 어떻게 받아들이고 언어화할지 알 수 없어서 조금 시간이 흐른 뒤에 치열했던 1년의 기억을 정리하고자 합니다.

집필 과정

제가 작문하는 방식은 나름 정형화되어 있는 편입니다.

1) 집필 단계/구조

만약 아이디어만 떠올랐거나 '글을 쓰고 싶다'라는 생각만 하고 있다면, 우선 주제를 설정합니다. 어렵게 생각하지 않고, 그저 하고 싶은 말을 적습니다. 그리고 이 주제를 말하고 싶은 이유와 주장에 대한 근거를 적습니다. 학생 시절 과제 작성 단계와 크게 다르지 않다고 생각합니다. 어떤 글이든 설득력이 없거나 공감을 불러일으키지 못한다면 난감하기 때문입니다.

말하려는 바가 대학 과제처럼 정리된 다음에는 이 주장을 어떻게 소설에 대응할지 생각합니다. 소설의 전개를 해치지 않으면서도 의도를 잘 드러낼 수 있는 상징, 주인공, 여러 가지 상황들을 기승전결에 맞춰 글의 뼈대를 잡습니다. 대응 단계에서 저만의 아이디어를 양껏 담아내고자 노력합니다. 이 단계에서 저자의 개성을 드러내고, 소설의 매력을 높이는 것 같기도 합니다.

뼈대가 완성되었다면 해당 내용을 소설 형식으

로 변환하면서 살을 붙입니다. 상황이나 주변 환경을 비롯한 자세한 묘사를 첨가합니다. 초등학생 때는 글의 뼈대를 잡으라는 말이 그렇게 어려웠었는데, 포기하지 않고 끝까지 배워두기 잘했다는 생각이 듭니다. 공교육 최고.

기본적인 단계는 여기까지입니다. 만약 누군가가 위의 단계를 참고해서 집필에 도전하려 한다면 참고하되 얽매이지 마시라고 조심스럽게 말씀드리고 싶습니다. 사람마다 사고방식이 다르고, 성격도 다르고, 행동 스타일도 다르고, 주변의 상황도 다릅니다. 그렇기에 본인만의 스타일을 찾아보시는 걸 추천해 드립니다.

2) 아이디어/소재

구조적인 부분 이외에 아이디어나 소재를 주로 어디에서 발견하는지도 말씀드리고자 합니다. 아이디어를 얻는 원천은 생각보다 다양합니다. 기본적으로 묘사나 표현에서는 실제 경험을 베이스로 삼습니다. 구체적으로 표현하기 위해서는 무엇보다도 경험을 통해 느꼈던 당시의 감정, 감촉, 감각을 살리는 게 가장 효과적이기 때문입니다.

다만 경험은 표현의 기본이 될 뿐, 아이디어의 원천이 되지는 못합니다. 제가 꾸리고 있는 인생은 자극적이지 못합니다. 자극과 별개로 행복한 인생이지만, 실제 사회의 공공장소에서 기물을 파손하거나 고의로 타인을 해칠 수는 없고, 그러고 싶지도 않습니다. 따라서 저는 부족한 부분은 간접 경험을 통해 보충합니다. 다른 사람의 말을 듣고, 과거의 독특한 사건을 살피고, 가능성을 열어둔 채 극단적으로 상상해 보고, 이제껏 공부했던 학문적 내용을 현실에 적용해 봅니다. 그리고 이 모든 것들의 이면은 무엇일지, 의도는 무엇일지 생각해 봅니다.

저 자신도 조금 신기하게 느껴지는 아이디어의 원천 중 하나는 꿈입니다. 저는 꿈에서 아이디어를 얻는 경우가 많습니다. 방식은 3가지입니다. 첫째, 고민하고 있던 문제에 대한 답을 잠들기 직전에 흐릿하고 짧게 꾼 꿈을 통해 찾습니다. 둘째, 꿈속에서 새로운 아이디어나 소재를 얻을 때도 있습니다. A와 B의 조합을 상상도 못 하다 꿈에서야 조합해 내는 방식입니다. 셋째, 꿈 전체의 스토리라인이 마음에 들면 꿈 내용 자체를 차용하기도 합니다. 깨어 있는 동안 공들여서 생각해 내지 않았지만 분명 제 아이디어이니 마음껏 활용할 수 있습니다. 자는 동안 글을 쓴 셈입니다. 꿈은 금세 사라지기에 꿈에서 무언가 발견하면 급하게 정신을 차리고 기억이 흐려지기 전에 메모해야 합니다.

매일 색다르고 별난 꿈을 꾸는 건 아닙니다. 그런데 소설을 읽다 잠들거나 원고를 구상하다 잠든 날이면 대부분 꿈을 꿉니다. 꿈속에서는 의식적인 자아가 하지 못하는 생각을 무의식적인 자아가 하고 있습니다. 깨어나 생각해 보면 무의식 속 자아의 상상이 그렇게 기발할 수가 없습니다. 『하이얀』에서도 꿈에서 가져온 아이디어가 있었는지는 구상한 지 수개월이 지나 정확히 기억나지 않습니다. 다만 첫 번째 책인 『_BODY』에서는 확실히 꿈에서 얻어온 아이디어도 많았던 기억이 납니다.

집필의 원동력

글 왜 쓰려고 하는지, 글을 쓰는 원동력이 무엇인지 묻는다면 답은 곧장 나옵니다. 집필이 즐겁기 때문입니다. 그런데 이 답은 조금은 무책임한 답이라서 구체적으로 왜 즐거운지 풀어보고자 합니다.

저는 다양한 인간 군상, 사회 군상이 흥미롭습니다. 이것저것 주워듣다 보면 이런 사람도 있지 않을까? 그 사람은 이런 상황에서 어떻게 행동할까? 생각하게 됩니다. 상상만 해도 재밌어서 이걸 확장해 보고 싶었습니다. 확장의 길을 찾다 보니 자연스럽게 집필의 가능성을 염두에 둔 것 같습니다.

집필이 즐거운 이유를 하나 더 찾자면, 소설은 무법지대라는 점이 마음에 들었던 것 같습니다. 사회에서는 법과 도리를 지키면서 살아가야 합니다. 그런데 소설 속의 세상은 한편으로는 게임보다도 자유로운 곳입니다. 원하는 만큼 사회의 근간을 뒤흔들 수 있고, 어쩌면 벌거벗고 거리를 뛰어다녀도 존경받을 수 있는 곳입니다. 백지에서 시작하기에 끝없는 자유를 보장받고, 원하는 세상을 직접 만들며 조물주 흉내를 냅니다. 어떠한 위험부담과 제약도 없이 사회질서를 직접 구축하고 무너뜨린다는 점에서 어쩌면 일종의 카타르시스를 느끼는지도 모르겠습니다.

이렇게 쓰고 보니까 조금 수상쩍게 읽히는 거 같습니다. 실제로는 도덕을 준수하고 바람직하게 사는 사람입니다. 정말로, 그야말로 진심입니다.

차기작

완성한 차기작 원고가 존재하긴 합니다.

원래는 『하이얀』을 마지막으로 2-3년 동안은 글을 쓰지 않으려 했습니다. 오랜 기간이 걸리는 무언가를 준비해야 하기 때문입니다. 그런데 때마침 심장이 뛰는 꿈을 꿨고, 생각해 보니 하나를 준비한다고 해서 취미 생활을 전부 끊어내야 하는 것도 아니었습니다. 오히려 준비에만 몰두하면 정신적으로 긍정적인 영향을 받지 못할 것 같았습니다. 그렇게 바쁜 일정 틈틈이 시간을 내어 다음 집필을 시작했고, 정신 차려 보니 완성이 되어 있었습니다.

다음 원고 역시 소설입니다. 자세한 내용은 밝히기 어렵지만, 주변에서 보지 못한 인간의 군상을 묘사했습니다. 다들 겉으로는 정상적으로 살기 위해 노력하지만, 조금씩은 비정상적인 사고를 하면서 살아갑니다. 제 원고에서는 날 것의 인간 군상을 오히려 과장하고 극대화하여 묘사했습니다. 겉으로는 단단한 달걀인 척 살아가는 사람들의 말랑말랑한 흰자와 노른자 이야기. 다들 일정 수준의 흰자와 노른자를 품고 살아가는 사람으로서 사랑할 수밖에 없는 이야기를 들려주고 싶습니다.

언젠가 저의 원고가 세상의 빛을 보게 된다면, 그때 다시 뵙겠습니다. 감사합니다.

하이얀

책 제목 | 하이얀
저자 | 난새
ISBN | 979-11-93697-85-6
발행일 | 2025년 8월 27일
펴낸이 | 이창현
디자인 | 비파디자인
펴낸곳 | 고유
출판사 등록 | 2022.12.12 (제2022-000324호)
주소 | 서울특별시 마포구 와우산로3길 29 2층
전화 | 070-8065-1541
이메일 | goyoopub@naver.com

www.goyoopub.com

ⓒ 난새 2025

본 책은 저작자의 지적 재산으로서 무단 전재와 복제를 금합니다.